中公文庫

新編

不参加ぐらし

富士正晴
荻原魚雷編

中央公論新社

目次

I

新編　不参加ぐらし

I

不参加ぐらし

こういうことしていては、生活が錆びるというような気がする時もないではない。しかし、どうにもならない。どうにかしようと努める気にもならない。このままで行って、終りになるであろうという気がするが、それでいいというような気分しかない。どういうことなのだろう。

それでは発展もなく進歩もなく充実もなくということになるかも知れないが、今更発展しても進歩しても充実しても仕方がない。知れたもんだという気がする。今更はげんで一歩三歩をすすめたところで何のこともないだろう。

わたしは随分以前から人のところへ訪ねて行くということをほぼしなくなっておる。又、京都や大阪や神戸という大都会へ出かけて行くということも、車で連れにこられぬ限り、まあしていない。冠婚葬祭みな行かない。脚が錆びついているみたいである。東京など二十数年行ったこともない。二度ほど招かれたことがあった（個人ではなく新聞社であった）が、義理を欠く感じがないでもなかったが、錆びついてしまって行くことをしなかった。行きたくはなかった。その理由をこうこうと言えるような気もしなかった。訳もなく行く気になれなかったということであろうと思われる。

中国旅行も数年前と今年と二回さそわれたが、一向に行く気にならぬ。

そのくせテレビで中国がうつると、そのことに気がつく限り、必ず見る。こないだ見た桂林あたりの風景や、鵜がいなどはなつかしかった。といって、わたしに見覚えのある場所ではない。わたしはあの河を見たことはない、ずっと河からはなれたところを通った。河の鵜がいを見たことはない。しかし、池での鵜がいは見たことがある。首に縄をつないでいないところは同じだが、池でひとりでやっていたのは、テレビで大人数でやっているみたいに派手に騒がしくはなかった。テレビのは観光用の演出があるような気がして、少々好きでない感じがした。池のはしんとしていた。一人で通りがかって偶然見たので、幸運というべきかも知れない。そういう風にテレビで中国を見ることが好きであり、新聞でも中国のことが印刷されていると切り抜くことにしているから、正月、訪ねて来た人が、この四月ごろ一団の人々が中国を訪問することになっているが、あなたも参加してはどうかとすすめた。その人は、よろこんで参加するとわたしが言うと思っていたらしいので、行きたくないとわたしが言うと、ちょっとびっくりした。この中国旅行は招待ではなく、自費で行くのであったから、この人はわたしにその費用がないために渋るのだろうと想像したらしく、それら一切のことは僕達で何とかするから、行ってはどうかと言った。わたしを行かせると、何かいい収穫がわたしにあるだろうとも思い、又、揚子江岸をあちこち観光することはわたしの心の慰みになるだろうと考えてくれたらしい。

「あなた、あのあたりはなつかしいんでしょう」とその人はつけ加えた。

貨物列車に積みこまれ、開いた戸の間に張り渡したロープにつかまって小便や大便を尻を外に出してやらねばならなかった北のあたりは何となくとりとめもない風景で余りなつかしくもないが、地面に下りて行軍したり戦闘したりして歩いた中や南のあたりはたしかにわたしにはなつかしくないこともない。しかし、機関銃中隊で馬を連れているために、町や都会に泊る場合にも、その外れに泊るに決っており、山岳や田舎道を通ることがほとんどであったから、いくらなつかしくても、わたしの記憶にある場所や建物がテレビに出たのを見たことは皆無であり、中国へ観光旅行に渡ったところで、その旅程にそのような場所がひっかかって来ることも先ずある筈がないような気がする。現在の桂林の鵜がいは見ることが出来るかも知れないが、わたしの歩いたのは三十数年前の華中、華南の数省であって、それをなつかしがるのは自分の頭の中でより仕方がないような気もする。三十数年前と余りかわりのない山や川や道があるのに相違なかろうが、そういうところは通れる筈がなく、又、そういうところはわれわれ日本軍によって荒され、食われ、焼かれ、殺され、強姦され、強制徴用されたところなのであって、例え一兵卒のわたしが殺人を一度もやっていないにしても、食うものはそこのを大いに食い、そのために飢え死にした人間は随分いただろうということになるから、あれは済んだことだし、わたしとしては致し方もなかった、わたしも戦争の被害者だったのですという顔で歩く気にはなれない。どうもそういうこだわりがわたしにはどんよりとある気がする。といって、すべてをひっかぶって謝罪するといった代表的精神も変であるという気がする。そこらへんが古風すぎるのだろうが、先も短いことだ、古風のままでよろしかろうと思っているのである。従って、中国に特に行かねばならぬとは思わず、もしあちらの役に立つことがあるのなら行ってもいいのだが、そのようなことはある筈はないという気もするので、行った人を羨むこともなく、自分のこのような変な心情を悔むということもなかった。行く気にはならん、面倒や、ですんだ気でその時はいた。

　次の日、その一団の有力なメンバーの一人より愕《おどろ》いたような電話がかかった。突然あんたの参加の話を聞いたが、本当に行くのかというのであった。全然行く気はない、行くなどというのは本人も初耳やけど、一体どうなっとるんや、というより仕方がない。相手は、あんたが参加するとはおれもびっくりしてしまったけれどなといい、どこからそんな話を耳にしたんやときくと、昨日来た男から、皆であの人の旅費を都合して、中国へ行かせてあげようではありませんかと、喜捨の勧誘があったのだそうなのだった。前の時も、おれは行く気になれんと謝絶した（その時は招待旅行であったが）ことを彼は知っているので、はてどう気が変ったのかとびっくりしてわたしに電話をかけたのであった。わたしが全然行く気がないことを知って、そうか、そうすると彼の勇み足か、びっくりした、全くびっくりしたと、ようやく相手は納得がいったらしかった。

しかし、何故、あれから三十何年もたち、状勢がすっかり変っており、中国側が中日友好を大変求めて、文化交流のためにも日本人を心から招待しようというのに、わたしはそれに同調出来ないのだろう。電話を受けてから、ちょっとそのことが気にかかった。おれは意固地で、融通のきかぬ老人なのであろうか。戦争時の記憶がこびりついて解け去ることのない旧弊な変人なのであろうか。むしろ、こういう人間が困り者なのではあるまいか。出掛けて来てもいいということになったら、素直に、行きがかりをさらりと流した気分で出かけ、新しい中国を見て来る素直さがないということは、或いはケシカラヌ心情なのではあるまいか。そういう事も少し気になった。そういう素直さは或いはないのかも知れない。強情なのかも知れない。または、そういう風に容易に素直になれる同国人の感じが好かないために、自分はそういう素直さに背を向けて、大いにかたくなになりたいのかも知れない。

　そんなら、今度は行かへんのやなあ、しかし、この次の機会があったら、あんたは是非行く方がええと思うけどなあ、といくらかの安堵といくらかの失望がまじったような調子で相手は言った。

　本当に用事のある人か、行ってる間も月給もらえる人か、ようけ印税もらえる本をもっている人か、行ったらそれで本かいてかせげる人か、そういう人が行ったらええんやろと思うわ、わしみたいなのはそのどれでもないから、行ったらその間仕事出来んし、家が心配やし、まあ、一生行けんかも知れんし、行かんでも別にかまわんしいうところやな、とわたしは不景気なことを言った。まあ行くのは四月やけどね、と相手は言った。

　あんたらが行ってる間は、中国文化大革命の新聞の切抜きを出して来て、ずっと読んで、あんたらの旅をしのぶとするかな、とわたしは言った。これはいずれまとめて読みとおすつもりでいるから、四月、彼らが中国訪問している二週間ぐらいの間にそうすれば丁度いいかも知れない。十余年の切り抜きだからひどく多そうだが、多くなったり、少くなったりしていて、恐ろしいほど多いということもない。昨年四月一日より現在（二月五日）までの分は九糎《センチ》足らずしかない。どうやら、文化大革命の大さわぎも、四人組追放で一段落というところで、大人物が皆死んでしまったために、中物時代がつづくようにしか思われない。政治とか経済とかの実力世界、闘争世界に、定年がない（つくれない）ということは実に気味悪い恐ろしいことだが、これは仕方がない。しかも、傑物、大物、切れ者、英雄であっても、年老いてモウロクすると、変な実力行使をはじめることが屢々《しばしば》あるので、理に合わぬ世界が、理に大いに合った外貌で、展開し渦巻くのではなはだ厄介な無意味な影響を後に残すということになる。これも、人間世界では仕方がない。おそらく永遠に仕方がないことだ。

こういう風な一種楽天的人間不信の気分をもっていては、宗教、イデオロギー、科学、その他一切の人間の考えだし、行う、善にも悪にも、希望も悲観も程々にしか持ち得なくても仕方がない。こんな知恵も、経験も、手腕もないオッサンが、会合に出かけたり、人のところへ行っても何になるものでもないし、かえって迷惑みたいなもんだろう。

だから、ふっと気の迷いから出て行くような気にならぬよう、自らを戒めて、この十年近く歯を磨かず、ひげを剃ることを怠り、外出ぎらいを極め、不参加ぐらしを信条としている。字を読んで、字を書いておればそれでいいだろうと思っている。自分を大して評価していないということらしい。

竹林に藁屋あり

最近必要があって道元を読んで味気ない気がした。道元は魅力ある坊さんで、それ自身が味気なかったわけではない。ものすごい分量のお経があり、ものすごい数の名僧がおり、ものすごい学問がそこにあるということが味気なかったのだ。狭いところにものが一杯あるのは味気ないことである。

街の交通がマヒする程自動車が走りまわっている味気なさは、東京も大阪も、そしてわたしの住んでいる小さな市、茨木でも同じことだ。人間が多すぎることも味気ない。株人口の多いことも味気ない。

数日前、ある会の二次会で南禅寺の湯豆腐屋へ行ってみたらここも満員だった。そして空を眺めると、空も見えぬ位、木がおい茂ってうっとうしい限りだった。日本の繁栄というものもこのように味気なく、あつくるしいばかりのように思われる。日本の現代文芸の繁栄も同じことで、こんなに繁昌しているものはつまらんという感じがしかけている。

長生きも繁昌しているし、交通事故も繁昌だし、旅行も繁昌、海も繁昌、山も繁昌、弱い者いじめも繁昌、色事も繁昌、自殺も心中も他殺も繁昌、宗教も繁昌、右も繁昌、左も繁昌、こうなると家にすっこんでおるより仕方がない。繁昌しとらんのは家の中だけだ。ところがその家にも、娘や息子のちっちゃい友人達がわいわい押しかけてくる。実に窮する。

詩人の井口浩は開業医だが、インフルエンザ大流行の時には必ずぷりぷりしている。患者繁昌で気がおかしくなるそうだ。繁昌とはまことにさらさらと風が通らず、涼しからぬことである。

何とか涼しく暮すことは出来ないかというのが、わたしの最大関心事の一つだが、このごろの世の中は繁昌するか、でなければ不繁昌極まって死ぬかの二つの領分が大きくて、その間は砂漠みたいに住みにくい。あたかも首陽山でわらびをつんでいた二老人のように危い。首陽山のわらびすらが、そいつの息のかかっているものは何も食うまいとしている二老人の敵の持物であることが判ってくる仕掛けになっているからだ。

涼しく暮らそうとすると、凍てつく寒さがやってくる。杜甫の悲痛な家族連れの旅行みたいなものの影におびえつつ、わたしも相当に涼しくやっているが、全く、日常生活のスリルには事かかない。

一体何を書きかけたのやら判りかねる気もするけど、つまりは今の日本が何でも一杯でやり切れんということなんだろう。ぶつぶつお前も不平が一杯でないかと言われそうだ。いや、御心配なく。竹藪の鶯や山鳩や梟の声に耳をかたむけて、ほとんどは放心のていであります。それじゃ、借金で一杯になるだろうがと仰せあるか、心配しなさんな、そんなに人が金を貸すものかね！

怠け者の記

怠け者について書けという。相当酔っぱらっている時に注文されたので、注文者の真意がよくわからない。説明されたのだろうが記憶にない。しかし、何でもあっさり断る傾向もあるわたしが、断ってしまわなかったところを見ると、きっとうまく説得されたのであろう。あなたほどの怠け者はこの世にいまへんで、ほんまでっせ、とか何とかおだてられてそのおだてに乗ったのかも知れない。酔っぱらっておればこそ、怠け者というのが褒め言葉に聞えたのかも知れない。全くオメデタイことである。シンネンオメデトウ！

多田道太郎という京大人文科学研究所の助教授は十年程前、広津和郎論を書き「怠け者の多寡くくり」という諺で、広津の生き方を表現した。それはいいが、それの載った雑誌をわざわざわたしのところへ送りつけ、今度来た時、わたしと広津和郎は「怠け者の多寡くくり」という点と小説の下手な点で類似しているといった。全くオメデトウ。

それから数年たって、茨木市役所で広津和郎を囲む文学座談会があり、わたしはその司会者の役をおしつけられ、はじめて広津和郎にあった。多田のいったことを思い出して、はなはだ面白かった。そこでわたしは広津さんに、あなたの一番楽しいのはどんな時ですかとたずねた。答えは「そうだね、朝、目がさめて、床の中にねたまま、今日は一体何をするのかなあとぼんやりしている時が一番楽しいね」ということであった。何をするのか、なかなか思いつかぬのだそうである。再びわたしは多田の「怠け者の多寡くくり」を思い出してはなはだ面白かった。

それはいいが、どうして人はわたしに怠け者というレッテルを貼ってくれるのであろう。わたしは好みとして、一見怠け者風に見える人物は好きなようである。たとえば広津和郎、フランスのモンテーニュ。しかしそれは怠け者風というよりは物臭がり的という方がいいのかも知れない。そうなると、この中にフランスの哲学者アランなどもはいってくるかも知れない。また中国の坊さんで、天子からの使いが迎えにやって来た時「俗人のために何で、わしが水ばなをふかんならんのかの」といって（その時和尚、水ばなをたれていたのである）、もっと深い山の中へ行方をくらましてしまった懶讃和尚とかいう人や、その名は忘れたが、朝たいた飯を飯びつに入れて肩にかつぎ、「さあ食え、さあ食え」と叫びながら仏像の前を走ったという中国の坊さんなども入れたくなる。怠け者というより面倒臭がり、うるさがりといった方が似つかわしい。

　この面倒臭がり、うるさがりなら、そのレッテルをわたしにペッタリ貼りつけてくれても文句をいう気はない。面倒臭がり、うるさがりは、外から見れば、まあ怠け者であろう。面倒臭いから、そうなると「怠け者」をペッタリでも別にかまわない。

　こういう意味の怠け者は、本質的なこと以外のことは少しぐらいどっちでもかまわぬというところがある。だから普通の人ならメクジラ立てて、怒ったり泣いたりわめいたりすることに、ぼんやりとかまえている。ぼんやりとかまえるから、行動や反応を起さない。こんな切実なことにも平気でいやがる、何たる怠け者か、とこうなる。

　先の座談会の時、聴衆の一人が広津さんに質問した。

「先生が松川事件にこうまで誠実に熱心に向かわれておられるその理由は何なのでしょうか、その情熱の根となっているものは何なのでしょうか」

　広津さんはぽつんと言った。

「それはこの事件が面白かったからですよ」

　ヒューマニズムとか、正義感とか、そうした言葉が出て来ると予想していたらしい相手はびっくりして

「そんな逆説的な返事は困ります、はぐらかしてもらっては困ります」といった。「そんなことで先生が松川事件にここまで打込まれるわけがわかりません」

「いや、興味があったからやったまでです。大変興味があった」

相手は広津が大まじめに答えていることがわからなかったらしい。

怠け者で有名な広津和郎が松川事件にかぎって、どうしてこうまで勤勉であったのか。人は正義感とかヒューマニズムとかを持出さねばすむまいが、わたしは広津さんが大の怠け者であればこそ、あれだけ勤勉にねばりぬいたのだと思う。面白かった、興味があったというのは正当な言葉である。怠け者は本質的なものにのみ感応する。そして怠け者の本質的と思うことがらは必ず彼にとって大興味のことであり、それを追及することは面白く楽しいのである。本質的な追及であればこそ面白く楽しい。怠け者にとって、それは勤勉努力といったものでは全然なく楽しく生きていることですらある。しかし、この時の相手（大方の人はそうであるが）は余りにマジメくさった頭をしていて、それを逆説や、はぐらかしとしか取らなかった。全く愛嬌のない受けとり方であった。

広津さんはその後、労働運動について愛嬌の有り無しについても語ったが、余り聴衆にわかったようでなかった。しかし、わたしは愛嬌のある方だから広津さんのいうことがよくわかった。コレハメデタイ。

怠け者はいわば精神のユルフンである（フンはフンドシだ）。つまり、容易に心がせっぱつまらぬことでもある。世の中の人は、それはふまじめと誤解したり、いい加減と誤解したりするが、これまた愛嬌のない話だ。悲壮な顔より、にこにこ顔の方が本当は頭がよく切実に働いている。ワラウカドニハフクキタル。シンネンオメデトウ。

現代の隠者にふさわしき者

今の日本で隠者になることは出来ることだろうか。隠者は可能であろうか。これが問いらしい。

どうも何か行きちがいがあったらしいので、『中国』に「影の抵抗者」という特集ものがあって、わたしはその1の「仙人」を書いた。

そこでどうも仙人になるのはムツカシイようだということを書いた。

その4で「隠者」を書いたのは陳舜臣で、さすがに行きとどいたエッセイであったが、この「仙人」と「隠者」を誰かが取りちがえた上で、隠者は富士に限ると編集者をそそのかしたような気配がある。

わたしはもとより隠者ではないし、隠者になろうと志してもいない。わたしが街中に余り姿を現わさないのは出不精というやつであって帰りもまた億劫だからだ。この世に行って見聞きしたいようなこともほとんどなく、興味のある書物をよんでいたら大抵事足るようである。幸い原稿生活者だから、飯食い仕事の方は電話で話はまとめることが出来る。もう一つ、「歴史の京都」というのの第六巻の中に「鴨長明」というのを書いたから、あるいはこの方が目にとまっての御用命かも知れない。

陳舜臣のエッセイをよんでいて気づいたが隠者というもののそのはじまりの伯夷《はくい》・叔《しゅく》斉《せい》は全く愚直で餓死してしまっている。次に来るらしい屈原《くつげん》は憤死のごとき入水自殺である。これがもっと降って、竹林の七賢のあたりへ来ると、さすがに賢とつくだけあって中々尻っ尾をつかませず、中の一人嵆康《けいこう》のごときはついに殺されたが、大親分の阮籍《げんせき》などは悠々と生きた。次に来る陶淵明《とうえんめい》になると、必死になって役人の目をくらますということもなく、ちょっと役人をして郷里へ帰って、まあ悠々と暮らし、隠者の生活をうたった最大の詩人となる。山の奥、水のほとり、人々の中と、その居るところも、段々と人界にくだって来、その暮らしも、段々よくなって来、殺されるおそれが段々稀薄になって来ているみたいだ。

これが日本へ来ると、陳説では、「隠者がどうしても出現しなければならないという、そんな段階にはいる前に、すでに日本では隠者に関する知識があった。（中略）日本に文字が輸入されたときから、すでに詩人陶淵明があった。だから、あらかじめパターンを与えられていたことになる。（中略）こんなふうに〔幕末に西洋の『侵略』が起こる前に、阿片戦争関係の書類が日本へ入って来ていて、吉田松陰などが、それについて考える時間を与えられたこと」、政治面では、やはり先取りは望ましい。だが、精神面についていえば、あらかじめパターン、ことに強烈なパターンをつきつけられると、かえってまずいのではあるまいか」となって、大隠者西行は陶淵明と同じようにパトロンに近づきすぎるとの非難を受け、鴨長明、兼好法師も余りに情緒的、又は余りに平静で、何ともいえぬ頼りない優美小型といったものになって行っていると見られている。全くその通りと思われる。日本の風土人情がそうさせるところが大いにありそうだ。不思議であるけれどそのようにしか見えない。

さて、問題は現代において（現代日本においてということであろうと推察する）隠者は可能かどうかということらしい。

可能といえば本日只今からでも可能である。例えば中国曹洞宗の六祖慧能《えのう》のように、いいお経を耳にしてハッと感ずるところあって、養育せねばならぬ老婆があるのに、それよりこれが一大事と一目散に出家してしまうというような思い切り、日本の西行のように一念発起したら、まつわり慕うわが娘を縁から蹴落して家から飛び出してしまうというような猛烈さが、あなたにあればの話である。

とにかく、第一に扶養家族や住居をとっぱらわねばならぬ。中々とっぱらえるものではないから、扶養家族、家、財産、あらゆるものから、自ら自分をとっぱらう方が早い。すなわち蒸発してしまうことが先決のようだ。

但し、餓死は覚悟せねばならぬ。最も古典的な隠者になるためにはである。このようなことをやってのけるには、余程猛烈極まるこの世の有様への反発、憎悪、軽蔑が必要である。大抵の、今のやわ（軟）な人間では、こんなものを心に湧き立たせたら蒸発するより先に爆発するかも知れぬ。

或いはその爆発というものが、第二型の屈原の自殺、または近いところで日本の三島由紀夫の切腹がこれに当たるであろう。しかし、どうもわたしは「あの世へ向けてあっさりとお隠れになる」ことは一瞬の隠者であるかも知れないが、伯夷・叔斉のように継続する状況としての隠者とは少し性質を異にするように思えてならない。隠れ切る状況を支え切れずに餓死するとか、隠れ切る気がついにその思想の本質が顕われて殺された嵆康のごとき行ないが、やはり隠者の基本のような気がする。

伯夷・叔斉は不義の周の国の粟は食わぬといって首陽山のわらびを食ったというが、これは六〇年安保の後に、国家の禄は食まぬといって国立大学を辞職した竹内好や鶴見俊輔の強烈すぎる原型であるように思われる。周の粟は食わぬが、首陽山のわらびは食ったわけだ。首陽山は現在どこにあるか。どこにでもありそうな気がするが、マスコミとかジャーナリズムとかいうものがそれに当たるであろう。神経質で峻厳な理屈屋なら、首陽山も周に入るではないか、わらびもそしたら周のわらびである、首陽山も周に入るのならば、その土の上に伯夷・叔斉が起臥《きが》しているのも不純粋であるというかも知れないが、こういう論議は不毛に思われるから置く。伯夷・叔斉に空中に泛《ただよ》えというに等しい。泛えば仙人になってしまう。

伯夷・叔斉は無一物で生活のすべがなかった。わらびを摘んで食う、いわば拾い食いしか方法がなかった。降っての阮籍を中心とする竹林の七賢の方には財力があり、生活のすべがあった。豪族であったから召使いもいたであろう。大きなたらいに濁酒をたっぷり入れ、人間も豚もチュウチュウベチャベチャと飲んだというから、酒もたっぷり飲めたであろう。豚と一緒にのむというところが、愚かしさを外に出し、内に痛烈な反抗を蔵しているところだろうが、まじめくさった君子人や役人が噂を聞けば辟易《へきえき》するだろう。何たる狂人じみた阿呆共であろうかと。

酒にまみれて、世の役人から見れば、いわば無益無害の化けものめいたものになり、虫干しにフンドシ一旒《りゅう》を干して、幾分の滑稽感、幾分の子供臭い反攻を示し、外向きにはそのようなものとなって、屋敷のある竹林の中にいて竹林ぐるみ屋敷ぐるみの隠者となっていたというのが竹林七賢の隠者ぶりであって、伯夷・叔斉のように哀切な形にならない。

財力あればこそ、又、伯夷・叔斉ほど単純愚直でないところが賢なる所以《ゆえん》であろう。国家のお世話にはならぬと共に、国家にかかわることを極端に毛ぎらいした。国の政治を軽蔑し、その軽蔑を酒にまみれさし、尻っ尾をつかまさなかったところが賢にして隠というところだろう。酔っぱらった面は見せて、尻の方は竹林の中にまぎれこませていた。簡単に反抗者を殺すことの出来た時代の、豪族として或る意味では顕著であるものの、顕にして隠であるという方法はこれしかなかったのかも知れぬ。現代の日本はこれほど殺伐でないかも知れない。それにしても七賢が存在出来たのは豪族としての財力および威力が支えたからだということは忘れるわけに行かぬ。しかし又逆に財力および威力がつまずきの石になっての「殺」も大いにあり得たはずであり、そこに酒と、それにからまって奇行が出て来て、石をとり除く。日本の戦国武将にもこのような知略、鼻毛をながく伸ばしてぼけんとした容貌、無能そうな無益無害的行動をしたものがいる。但し、保身のためで、竹林七賢のごとき痛烈な批判精神が魂の奥にわだかまっていてのことではなさそうだ。

陶淵明に至ると、竹林七賢と大分色合いが違って来る。

「帰去来辞」「桃花源記」「悠然として南山を見る」などにそのことを濃厚に感じる。

反発の対象が狭く小さくなって、官界の暮らしは汚らわしいから厭だ、自分の身を清浄に保つには故里の農村に限る。そこでのびのびと世に煩わされずに暮らそうといった趣きがある。ずっと以前、戯れに陶淵明の詩を反訳したことがある。それを、これも戯れに次に写して見る。少し本物よりだれているところがあるが、それはわたしの心柄からだろう。

やうつり

南村にすもうとおもっていた
家の方位がいいわけじゃない
すなおな人が多いときいて
毎夕あそぼうと思ったばかり
これを望みつ　ずいぶん経って
今日は転居という段取りだ
家はひろいというわけでなく
やっとこ住めるがその取り得
近所の人人時時来ては
大声あげて昔ばなしし
いい文章をよろこびよんで

わからぬとこは考え合おう

文章について相当深いところまで語り合うことの出来る仲の良い教養人がつい近所に何人かいる村暮らしであって、甚だ快さそうであり、ゆったりした日常という感じがする。阮籍みたいに、気に入らぬ俗人が来ると白眼を向き、気に入った人物が来ると青眼を向けるといった癇《かん》のたかぶりはここではなくて良さそうである。時に子供の出来がわるいことを愚痴った詩を書いていたようにも思うが、本当に出来が悪いのやら、その詩を見せる人へのサービス的謙遜やら判らぬところがある。うるさい束縛の多い俗界をはなれて、解放感のつよい田園生活をする隠者という面影になる。前々からのおそろしい隠者の生き方と大分ちがう。その陶淵明が日本へ渡来して、隠者とはどのようなものかという概念を与えてしまった。しかも実際の隠者が日本に生まれて来る必然性のない頃に既に、というのが陳舜臣説であったことはもう書いた。

　陶淵明はパトロンに世話になりすぎるとケナされたそうだが、地方政治家として不成功で、しこたま財を積むどころか、サッサと田舎へ逃げ帰った陶淵明では、田舎においても大経営が行なえるわけもなく、衣食をパトロンに頼るのが最も便法であったのだろう。家族もいる。

そのパトロンに世話になる風儀が一つのモデルとなって日本に伝わっていて、隠者というものはこうあるべきものだと日本の文人に思いこませてしまい、西行以下、これにならったという。

こうなると、隠者たらんとするものは必ずパトロンをつかんで居らねばならぬということになる。西行、長明、兼好の伝について詳しいことは知らぬが、西行の大パトロンは後鳥羽院であろうし、(後記―これはカンチガイであった)長明の大パトロンは日野一族の誰かなのだろう。兼好については、何かの免許権みたいなものをもっていて、十分生活が出来たのだということを聞いた。自分が自分のパトロンになり得たということである。とにかく何につけても先立つ財力が必要だということになる。それさえあれば本日只今、隠者になれるが、家族もちであると、女房子供の賛成が必要であろう。この賛成は多分中々得られるものではあるまい。そこで隠者志願者は現代風にいえば蒸発せねばならぬ。心を鬼にして、あるいは平然とこれをやらねばならぬ。

モームの『月と六ペンス』を読むと、画家のゴーガンをモデルにしたと思われる中年の銀行員が、もうここまで養ってやったのだから、別れて、おれはおれ自身のためにのみ生きることにするとはっきり妻子に宣言して、堂々と家を出て、パリへ絵をかきに行ってしまう。その平然たること、何とも天晴れで、偉い奴であるなあと思わざるを得ない。浮世の義理でお前たちの夫や父の役をやって来てはいたが、それは愛とか何とかいうものでないとはっきり言ったに等しい。この世やこの世の人を捨てようとはっきり思い立った者にとっては、家族などはいってみれば厭らしいこの世の廻し者であって、厭なこの世が人間の形をとっているので、思い立った瞬間は大へんな邪魔者に見えてくる筈である。こういう点の見切りはどうもヨーロッパ人やアメリカ人の方がはっきりしているみたいだ。しかし、日本人の方も進歩の跡いちじるしく、見切りの名人が相当おりそうに思われる。

財力があるか、パトロンをつかんでいるかで、女房子供をふり切る腕力または胆力があれば、その志をもつだけで忽ち隠者になれる。その志を堅固にもつこと、これが中々厄介であるだけだ。それさえ堅固になればこの一瞬にとっとと家を捨てて出て行けばよい。現代において隠者たることははなはだ容易であるといえよう。隠居になることの方が余程むつかしい。

隠居になるのはむつかしく、隠者になるのはむつかしくないとはいっても、隠者生活を継続することは多分大変むつかしかろうという気がする。

世を避け、人を避けてはいても、方丈の庵にござらっしゃる長明さんも、近所の山番の子とはつき合って、山歩きなどしている。何やらそういうところは、うら淋しいような趣きがないでもない。

陳舜臣は仙人は陽気だが、隠者は陰気だといっている。そういえば仙人は大抵数人群がっていて、碁などのんきそうに打っている。群がっていないと碁がうてない。傍には仙童とか何とかいう子供たちを連れて、こいつらが茶などを煮ている。そこへ来ると、隠者の方はまことに淋しくて、おのれの褌をおのれが洗わねばならず、おのれの食事もおのれがととのえねばならぬ。はじめのうちは世にも人にも離れてせいせいしたわいと思っているが、そのうちに屁をひっておかしくもなしひとり者、といったことに気がつくようになる。そこで、うろ覚えだが、西行のごときは、隣に家をたてて住んでくれんかな、但し、おれのような世捨人に限るが、などという悲しい歌を作っていたと思う。とても、大陸中国の禅坊主みたいに天子から招きの使いが来たら、あほらしや、俗人のために鼻汁をぬぐったり出来るもんか（天子の前へ出るのだからまさか鼻汁をだらりと出したままではおれない）、こんな使いが来るのも、おれの名が売れすぎたからだ、こんなところにいてはうるさくてかなわんと、さっさと山中に入りこんでしまって、行方不知《しらず》となったというエゲツナサには及ぶものではない。日本は何とも情趣のある優しい国土で、あまりゴツンとしたものが出て来そうにない。子供を蹴とばして蒸発したという噂の西行さんでも、やさしく淋しい心根を示した。こうなると、一体隠者とは何なんだろうと、根本のあたりが少しゆらいで来かけて心許ない。

現物の仙人、隠者は見たことがない。見ておるかも知れないが、気がついたことがない。世を避けてひそかに隠れすんで、さわやかに清らかにひとりを愉しんでいる男を想像して隠者と名づけるのだろうが、よほど大物でないと、小人閑居して不善をなすとでもいったことになり、さわやかでも清らかでもない次第となる。

パトロンと隠者との関係も判り切っているようで、よくは判らぬ。パトロンは何が面白くて隠者を養ってやるのだろうか。俗を避けている隠者を、多分は大俗の者がパトロンとして養ってやる。隠者に何か取り得があるからであろう。西行も長明もそういえば歌よみである。その歌よみの才能をめでて、パトロンは、大した金もいらんし、まあこいつを養って隠者生活をやらせてやろうと考えるのだろう。鶯を籠にいれて飼っているみたいなところがある。

揚州八怪の一人である画家の鄭板橋《ていはんきょう》ははなはだ俗人をきらったが、俗人の方は鄭板橋の絵の高雅さにほれこんで、しきりにそれをほしがった。大塩商の何とかいう大富豪が人を介して鄭板橋に頼みこんで来るが、俗物にはかいてやらぬと全然相手にせぬ。大富豪には大富豪としての知恵がある。鄭板橋の好み、性癖を時間をかけて調べあげた。鄭板橋は犬の肉が大好きである。又、俗人ぎらいだから教養ある隠者を大いに好み、文雅な清談を実によろこぶ。

　或る日、山の方へ遊びに行くと、いい場所に何とも高雅な庵がたっている。感心して眺めていると、庵主らしい上品な年寄りが話して行かないかとさそう。「丁度、犬の肉を煮ているので、おきらいでなければ召し上がりませんか」。とてもうまそうで辛抱出来ぬ。犬の肉をさかなに盃をあげつつ話し合うと、その文雅なこと、鄭板橋はいい人と知り合いになったとよろこんで気を許し、清談数刻に及んだが、最後に庵主が絵をかいて下さらぬかと頼む。相手が気に入ったから、否も応もない。早速その場でかき上げ、為書き（誰々さんのために書いたというところ）に何と書こうかとたずねると、庵主が雅号をいう。それでそれを書き、はなはだ機嫌よく家に帰った。

　数日すると、大塩商から是非お目にかかりたいからと執拗なまねきがある。何としても大塩商で、大富豪で、大勢力家だから、余りさからうと、身に危険が及ばぬでもない。その位のことは大富豪なら人を使って軽くやれる。気は重かったが、とにかく一度招待に応ずることにした。迎えに来た者は大よろこびで丁重に案内する。

　客間に入って大塩商にあった訳だが、大塩商は喜色満面といったところで、壁に掲げてある絵を示した。あの庵主の隠者のためにかいた絵であった。さてはあの隠者から買ったのか、それにしても為書には隠者の雅号が書いてあるのにと、その雅号は誰のものなのか大塩商にたずねる。大塩商は破顔一笑、「なんの、あれはわたしの号ですわ。先生がどうしても絵をかいて下さらぬので、仕方なく一計を案じましてな。どうも失礼いたしましたが、これも先生の絵を飾らせていただきたい一心でやりましたこと。これを機会に以後どうぞよろしく願います」

よほど上品な読書人をやとって、隠者仕立てで一杯食わせたというところだが、その上品な読書人のパトロンが大塩商であったのでもあろうか。

敗戦後、税制の点もあって、もうパトロンの位をはれるような人が殆んどなくなったらしい。パトロンになろうとすれば、社用族として会社の交際費を使ってパトロンとなるより致し方ない。隠者もパトロンなしではさっぱりであろう。パトロンの点から行けば、現代日本で隠者は可能かときかれれば、優雅な隠者はもう不可能ですなあというほかはない。もう一度、中国の昔にかえって、飢え死にしたり、自殺したりの覚悟をする必要があるかも知れぬ。まあそう先が見えてしまっては、中々隠者志願も出来ないであろう。

しかしながら、わたしは隠者がこの世の中に、今の日本にもたくさん居るような気がして仕方がない。しかも、年の若いのが、である。うようよといて、われわれは、余り気づかずにいるような気がする。

大学紛争があり、ヒッピー族の流行があり、無銭旅行にさっさと出発する若者がふえ、その環境の中で、パトロンをさほど必要とせぬ、われとわが甲斐性みたいなもので、自らのパトロンに自分がなれる、いわば兼好法師型小隠者が出て来てうろうろしているのではあるまいか。

　或る時、高等学校で全共闘であばれて退学させられた後も、永らく紛争か闘争に従事していた青年がやって来て、わたしに詩を一つ示したが、彼は学資を出してやろうという人がいるにもかかわらず、学校へは行かない、三十位までは結構働いて食って行く自信があるからそうする、天草の隠れキリシタンに興味があるからそれをジックリ調べて見るつもりだといって、又、詩が出来たら見て下さいというと、飄然と立ち去って行った。今どこにいるのやら全然知らないが、これなど小隠者の面影がたしかにある。

　昔は年寄りが隠者になったが、今は若い者の方が適格であるようにみえる。こうして、現代日本において隠者は可能である。

男性的隠棲考

どうしてわたしが、仙人について書かされたり、隠者について書かされたりするようになったのかちと奇怪みたいな気がするが、竹藪の中に住んでいて一向に都会へ姿をあらわさぬというところから、竹林七賢をもじって竹林一賢という風なことになったのかも知れない。一賢どころか、一犬ぐらいのところだろう。エトでいえば一丑だ。先日、福井大学の先生をしている武部利男から葉書が来て、陶淵明も李白も丑年であることを書き「ウシシシ」とあった。武部も丑、わたしも丑というところで、よろこばせてやろうという訳だったろう。こっちもついでに調べたら、陶淵明と武部は丑も丑、どちらも乙丑であった。淵明は三六五年、武部は一九二五年、何とまあ、へだたること一五六〇年、ああ！

竹林一賢と誤解され、隠遁的人物と誤解され、あいつには陶淵明がよく似合うと誤解され、ふた月ほど陶淵明とつき合っていて、これまで余り気付かずにいたことに気が付いた。これはあくまで私が気付かずにいたというだけのことで、気付いている人はいくらでもある筈だ。

それは隠者があるその前提には、時の政府又は軍閥その他の実力者が「野に遺賢なからしむ」ということを、必要の上からも、又は文化的な体裁をととのえる上からも、政治的軍事的な考え方の底にでんと据えているからだということであった。同時に、中国という国は古来、政治、政治、政治の国であるなということも思った。余りにも政治的である。ここで、文化大革命というものの体質にふれ体臭を嗅いだ気がした。日本のように、うつらうつらと微温的に居られる国ではない。必死に手をつくし、技巧をこらして、時には狂をよそおい、時には手のつけられぬほどベロベロに酔いという風にやっていないと、知識人すなわち政治人、官僚人、将たるものと、いや応なしに、政治軍事の面へひっぱり出さずには置かぬという国柄になっているのだ。どうともならぬ物騒さがあって、日本の国の温和な空気と大分ちがう。のんきそうに日本人が鑑賞している陶淵明とは全然違うらしいぞということをわたしは感じた。勿論、本物の陶淵明は日本化された陶淵明とは比べものにならぬほど豪毅で読みの深さと行動の機敏さとをもっている男であった。だからこそ、遂に隠棲をなしとげて、天寿を全うして死ねたのである。中々に精神の頑固な大腕力なくてはかなわぬことだ。

こういう連中にくらべると、わが国の有名な隠者たち、鴨長明も、兼好法師も、何となくなよなよとして女性的温柔の風が見えるような気がする。何としても中国の方が骨太い。骨太くなくては生きられそうにない。又、機敏でありつつ、ぼやっとしている風がないようでは物騒である。名ある知識人であり、才能があればある程そうだ。それだけ本気で生きているという感じがする。今の日本みたいな、本気の少ない雰囲気からすかし見ても、その本質は判りそうにない。

陶淵明の曽祖父の陶侃《とうかん》、祖父の孟嘉についてのエピソードがのっているというので、魏晋の頃のエピソード集『世説新語』を買った。勿論、註のついている反訳で、魏晋の時代の気質、風俗を知るのにはなはだ便利であったし、わたしは魏晋の時代の人間たちに大へん魅かれるところがあった（日本では『今昔物語』を大いに好むようにである）。魏の阮籍には大分以前からその強烈さに完全にやられていた。

阮籍は隠遁のうち、酒遁にことにすぐれていたらしい。余り好ましくない高官のところから息子か娘への縁組みを申し込んで来た時、ベロベロに酔って、話にも相談にもならぬようにして、ついに縁組を遁《に》げ切ったことがある。阮の一族はみな大酒のみであったらしい。降っては陶淵明も大酒のみらしい。

阮の一族で、籍の兄の息子の阮仲容（咸）というのは一族のところへ行って集会をひらくとなると、盃のやりとりなどしない。大きい甕に酒を入れておいて、車座になって向かい合いながらのむ。ある時、飼っている豚の一群が酒をのませろと入りこんで来たが、仲容はかまわずそいつらにのませたという。一緒にのんだわけだ。中国の豚は清潔で人なつっこい黒豚だし、普段は、鶏もあひるも一緒に同じ大きい器に首をつっこんで残飯など食っているから、人間の間にまじりこんで酒をのむのも全く自然であると豚自身考えていたのであろう。

ところで、問題はこのかめはどこにすえてあったか、阮の一統はどう坐ってのんでいたかだ。

豚が口をつけてのめる以上、かめは卓の上になどある筈はない。つまり土間にすえてあった。となると、とりまいている阮一族も土間に坐っていたことになる。はなはだ痛快みたいだが、森三樹三郎という訳者がつけている或る註によると、「漢代までの中国人は土間の上に、わらの敷物をしいてすわっていたのであるが、六朝《りくちょう》のころから西域の腰かけが伝わり、胡床《こしょう》（えびすのいす）とよばれた。しかし、ここの話（徳行篇四四）からもわかるように、六朝時代でも胡床はまだ一般に普及していなかったのである」とある。わらあみの敷物を薦《せん》といい、竹をあんだのを簟《たん》というのだそうだ。だから、阮の殿様、若殿様連中は多分薦でもしいて車座になっていたのであろう。牛が酒をのみに来たのでなくてよかった。牛ならばその薦をくってやろうと、ぐいとひっぱって人間をころがしかねない。

なるほど、土間に坐っていたのであろう。『世説新語』にはよくこの簟とか薦とかの話が出て来る。簟は上等で、薦は安物であるらしい。

話のついでに、この敷物に関する話で、魏や晋といった時代の知識人が、かよわきインテリといった代物でなく、いかにさっぱりとした、いかに乱暴な連中であったかを書いておく方がいいような気もする。

さきに註を引いた「徳行篇四四」はかいつまんでいうと、王恭という人（東晋の孝武帝の皇后の兄、兗青《こんせい》二州刺史）が会稽から帰ってきた時、一族の長老の王大（荊州刺史）があいに行く、王恭は六尺もある竹編み敷物に坐っている。そこでいいものをもっておるなというわけで、王大がわけてくれといったが、王恭はだまったままで、王大が帰るとその敷物をとって、送りとどけさせ、自分はわら編みのを出して敷いた。あとでこのことをきいて王大がびっくりし「沢山あると思ったから、ほしいといったんだ」というと、王恭は「あなたはわたしを知らないんです、わたしは余分のものはもたんのです」

そうかと思えば、貴人のすぐそばの席に坐っていたのに、中座したすきに友人にその席をとられ、敷物ぐるみ友人を地べたへ投げ出した男の話もある。なげ出したあと、なげ出された奴も、投げ出した奴もケロッとしているところが面白い味だが、今は一所懸命さがしてみたがその場所がみつからぬので、記憶で書いた。敷物ぐるみ放り出しても、別にけがもしないというのは、やはり土間に坐っているからだ。

孔子が河のほとりで弟子を集めて林間学校をやっていた時、栄啓期という老人の仙人のような隠者のようなのがやって来て、孔子の弟子を一しきりからかって、舟にのって帰って行く有名な話があるが、その際にも、孔子も弟子たちも土の上にむしろをしいて坐っていたわけである。

どうしてこういうことをごてごて言うか。それは陶淵明の「停雲」という詩に「静かに東軒に寄り　春醪《ろう》　独り撫す」というところがあるが、この「静かに東軒に寄り」という動作が、あるいは状態がどうにも腑に落ちず閉口していたのが、この土間に敷物を敷いて、坐って居るということでようやくなっとくいったからである。そうか、大雅が南画にかいている隠者めいた人物が窓にひじでよりかかって気分よさそうにしているあれだなあと思った。軒は縁側とも、窓とも、いろいろ解はあるが、窓の方がよさそうな気がする。土間にむしろが良いというのは、椅子からがたがた立ち上がって窓べへ行くのは動作としてさわがしくて、その詩の気分をこわすからだ。

隠者という奴は土にしがみついて居らねば成ることではない。だから陶淵明が執念深く説いたのは農耕ということだ。俗なことばでいえば、百姓仕事をせっせとやっておれば、まず食いはぐれがないぞということである。度々戦乱の中心となった柴桑《さいそう》県のどまん中でそのようなことをいっている。彼にいた五人の息子も、その後一向に名声を得たようでないが、淵明の農耕教育、もしくは地に潜めという教育が徹底した結果ではあるまいかとさえ思われる。潜んでいるのがよい、顕われるのは愚の骨頂だと思ったのかも知れぬ。空気がやたらに澄んで、猛気が世に満ちて、ともすれば人の姿や魂がくっきりと見えるような、敏感で鋭すぎる、直感と推理と奸策の世であり、そのためにも権力者は賢者や才能を、世のどのすみにかくれ潜もうとも、吸い上げて駆使してやろうと、目をらんらんと光らせ、耳を立てていたような時代だ。奴らに駆使されてたまるかと思うような賢者、才能は術策をつくして権力者の手をはぐらかし、期待を外さねばならぬ。権力者とすれば評判があれば駆使したいと貪欲である。カスをつかんでもかまわない。カスと判れば殺してしまえばいいのだから。又、カスでない、大物だったら尚更にいい、使って使って、手に余ったらこれも、理屈をつけて消せばよい。反逆のたくらみをしておるという因縁は上から下に向かっては何とでもつけられる。魏晋のころの、何と痛快なほど、あるいは爽快なほど、有能人も、無能人も因縁をつけられてあっさり殺されることか。あるいはそれに憤激して、男も女も猛烈な憤死を行なうことか。思ってみるまでもなく、くっきりとした恐ろしい世界だ。そこでは子供にすら一種の恐ろしい魂が宿っている。

孔融という男が、当時の士大夫の世界で絶大な人気をもっていたが、当時の政治権力を一手に握りつつあった曹操に余りペコペコしないために憎まれ、殺すためにつかまえられた。朝廷の内外ともに恐れおののいたとある。

　ところが孔融の子の兄は九つ、弟は八つであったが、平気で庭で琢釘《たくてい》の遊びをつづけていた。この琢釘の遊びというのはどんな遊びか今は判らないそうだが、昔われわれも広っぱでやった五寸釘を地面にぶっつけて刺し、それを目がけて相手が五寸釘を地面にぶつけ刺し、敵の五寸釘を倒せば勝という遊びのことではないかという気がする。釘でなくても尖《さき》をとがらせた棒でも出来る。小さい童二人が、父がくくられようというのに平然と熱中している遊びとしてまことにふさわしい。心の中ににえくりかえる憤りや悲しみがあればこそ平然とあるのにふさわしい動きの遊びだ。幼なくしてもはや隠者のごとくキツイし、猛士のごとく冷厳であるという外ない。しかし、外から見ればやはり幼児が遊んでいるのである。まことに可愛らしい。しかし、事の次第を知っておれば物悲しい眺めだったろう。

　孔融は逮捕に来た使者にいった。「罪はわしの身だけに止めてほしい。この二人の子は助けてくれるのだろうかな」

　すると子供は静かに歩みよって言った。孔融にいったようでもある、使者にいったようでもある。

「鳥の巣がひっくりかえるのに卵だけがつぶされず残るなんてことがあるかなあ」

やがて二人の子を捕えるための使者がやって来た。

何ともいえず事柄がピンと張り切っている。家の主が誅殺される時に一家皆殺しというのは当然の風俗だが、おそらく子供の言葉を使者から聞いて、曹操が二子を捕えに使いを出すあたりの、世界の呼吸みたいなものはまことに凄い。凄いが乾燥していて湿り気がない。このような世俗世界が吸い上げ吸いとろうとする猛然とした勢に背を向けて、土に爪をくいこませてふんばろうというのも又、凄く乾燥した精神である。しかし、その乾燥には湿《うるお》いを内包したところもないではない。英雄豪傑と隠者とはやはり対立している。しかし、どこかで一脈つながる糸もあるみたいだ。

「人間生きたところでせいぜい百年ではないか、栄華を極めたところで何ということもないぜ、いっそこうしてどぶろくのんでる方がましじゃなかろうか」などといっている淵明は、はじめのうちは少しは負け惜しみみたいに聞かれんでもないが、晩年に至ってくると、その同じような言い草に凄味が出て来て、栄華を極め、天下に腕力を振うている連中がふっと耳にしたら、耳を蔽いたくなるようなところが響きに出て来た気がする。

隠棲論ももう結構だという気がしないでもない。高級細緻な議論をしてもはじまらぬ。それは腕をぐんと伸ばすような精神の運動と思えば事足るのではあるまいか。今の日本でうじゃうじゃ言うてもはじまらぬ気になる。やはり魏晋の頃がよく似合う。

わたしはもとより隠棲している人ではないから、お喋りはこのままにして、一度陶淵明の詩を制作順に出来るかぎり並べ、制作年次のわからぬのは何とかそれらしいところへ置いて、ゆっくりその年の流れに添って読んでみたいなという気がする。きっと興味が湧くにきまっている。とともに、陶淵明を生み出して来た魏晋の頃の人物共の姿をもっと読んでみたい。今はまだ「世説新語」をながめている程度のことだが、何とか「晋書」を読んでみたい。勿論、阮籍、淵明のひそみにならって、酒はのみたいし、のむことにするが、淵明につづいて、阮籍も読んでみたい気がする。隠者ではないが隠者好きといったところで、わたしでも今のこの世に大分背をむけているところがあるらしい。

しかし、わたしに農地はなく、淵明にいかにとかれても農耕はかなわぬ。つまらぬ文章を買ってくれるところがあるので、紙を耕して生きているというわけだろう。こうなると、隠者というよりはもっと文人風の、揚州八怪などに身が近いということになろうが、石濤《せきとう》など大へん好きであるにしても陶淵明のごつごつと土くさいのにくらべれば、何ともスマートでイキであることだわいなと思わぬでもない。

やはり、時は流れ、時代はかわり、風俗生活またかわるというところだが、今の日本にまで来てしまったとは、ちとトチッた気がしないでもない。

丘の上にひきこもり……

　富士正晴は竹藪の中の家にひきこもっていて、全然出て来よらん。よくそういわれるが、この竹藪、南は枯れ、東は地すべりしてなくなり、北は枯れ、西は枯れたのを二人の人が来て一日で刈りとってしまった。竹藪の中の家ではなくなって、丘の上のボロ家という格好である。竹藪がとれて、却っていろいろな種類の小鳥や中鳥がふえて来たが、その名前が一向に判らず、鳥の図鑑もなくて、調べようもないから、イライラする。面白からぬから余り外も見ず、昼日中から電燈を頭上につけ、机の下は泥のコタツという姿で、コタツに入り切りで何やらしている。

　第一は新聞をよみ、気に入ったとこをハサミで切りとって蓄積する。当座の用のためではない。残しておいて、思い切りジジイになったら読み返してやろうと思っているのだ。

「中国文化大革命」のあたりから、いわゆる四大紙をみんな買って切りとってあるから、この読み返しは大楽しみだが、まだジジイのなりようが足らぬので、も少し待つつもりでいる。

第二は筆と墨で、大きな字でハガキを書く。筆になれるためと称する。人は字が少しで済むからやと悪口をいう。または、ハガキみたらほっとすると褒める。

第三は書物を読む。年末一月は陶淵明の詩をよみ、正月一月は伊東静雄の詩をよんだ。これは仕事であって、勿論原稿も書いた。原稿を書くために読むと、本気になって本にかみつくので、楽しみに読んでいた時には気づかぬような面を、陶淵明にも見つけ、伊東静雄にも見つけた。

陶淵明を考えるのに必要で、「世説新語」という本をのぞいた。戦乱と災害にあけくれ、偉い奴の首がパッパッととび、かんしゃくのきつい奴など刀で自分の首を切りとばすといった魏晋の時代が面白くてたまらなくなった。その頃の時代の連中は風とおしがよくて、悪口をいうのも中々上手、後をくらますのもうまい。これは「晋書」をよみたいものだと、京都の学者に相談したら、その反訳はまだないんだということであった。

反訳がなければ本物に嚙《か》みつくより仕方ないが、これは急にはやれぬ。歯の力を少しつけておこうと思っている。

そんな本ばかり読んでいるわけではない。精神病の平易な本を眺めたり、生物の行動の本を眺めたり、林屋辰三郎や梅原猛や上山春平などが日本の古代について書いている本に熱中したり、何を読み出すやら見当がつかぬので、いつも本を注文して送ってもらっている京都の本屋の奥さん（わたしの本の場合の財布をあずかってもらっている）があっけにとられたそうだ。

そういうことをしながら、笑うのは人間だけだという定説らしいが、猿や犬やイルカなどは少しは笑っているのではあるまいかと、笑いということについて、とりかえひっかえ珍な考えを出しては練り直している。何を考え出すやら判らんぞと思う。今西錦司などの本もせっせと読む。判っても判らんでも読むところ、字の覚え立ての幼児と大して変わりがない。

判らぬことがあると、すぐに時間かまわずに電話をかけハガキを飛ばすので、質問される諸先生、諸文豪には全くの迷惑千万の男となる。丘の上にひきこもっておっても、静かでも安穏でもないわ、あいつには困る、とまあ言われているような気もするが、学習心が妙に旺盛で、近所迷惑はなはだしいらしい。おまけに切りくたびれ、読みくたびれて、酒をのむ。必ず深酒となり、人なつかしくなり深情けとなる。全くやり切れたものではない。わが身にも、人の身にもだ。進歩なく、円熟なし。

得ることに楽しみ

おれは余り学問もせず、物知らずで、そのためにいろいろなことの物わかりが悪くて閉口すると、そう思っていた。たしかに、予備知識というものが少ないと難儀がある。実際、難儀している。

たとえば詩人の竹内勝太郎について書く場合フランスの詩についての知識のなさ、仏教についての知識のなさが災いする。

近ごろ、これも詩人の伊東静雄について書いているが、彼がよく読んでいたドイツの詩についての無知、日本文学についての無知が、わたしを不自由な目に会わせる。

しかし、これはどうにもならぬことだ。ありあわせの知識と、ありあわせの力量で処理してゆくより仕方がない。

嘆いても駄目だから、大して嘆きはしていなかったが、近ごろふと妙な考えが浮かんだ。

これまで得ている知識が少ないということは、ひょっとしたら得なことかも知れんと思い出しはじめたらしい。知らぬことが多いということは、これから知れることが多いということらしいと考えはじめた。退屈でたまらぬ老年に近づいて、知らぬ事が多いというこ とは、これから知って楽しめる対象が豊富にあるということらしいぞという考え方である。

幾分、占めたという感じが湧きそうな気配がする。生じっかまともな学生生活をし、大学で学んで、教えてもらって知識をいただいたりしなかってよかったという気にすらなって来た。これは成果を大切に思うのと反対に、行為することを大切に思うという考え方らしい。得た知識に重きをおくより、得ることに楽しみをおくことらしい。

もっとも、予備知識が少なくては、得ることに大変な困難がある。ついにわからないということがあるかも知れぬが、それでもわからんということがわかったということにはなる。陶淵明が「五柳先生伝」で「はなはだ読書を好むが、はなはだしく解することを求めず」といっているのは、このことか。占めた。

冬眠終わる

まだ土の辻番（つじばん＝こたつの一種、徳川時代に辻番のじいさんなどがそれにはいって戸外に目を光らせていたので辻番というのだろう）に炭火を入れて、もちろん布団をしき、布団をかけて、その上に机をおいて、じじむさい顔をして読んだり書いたり電話をかけたりしているが、もはや春になりつつある、あるいはなっているのだろう。日本の国は南北にやたらに長いから全国同時に春はやってこない。ここ関西の茨木あたりでの話をする。

静かな雨の降っている音を聞いていると、もうそろそろ冬眠の終わりに近い蛙が、土の中や、池の底の泥の中で、時々寝言をいい出すころだなという感じをもつ。土や泥の中からはっきり姿をあらわすまでには、さめたでもない、さめぬでもない、むにゃむにゃ寝言をいっている数日がある。蛙のことなので、そのむにゃむにゃは、からだの大きさにより、種類により、グッグッというのやら、コロコロというのやら色々である。しかし、どれも、起きないかんかな、いや、まだ寝てよう、といった風の怠けめいたふん囲気があって、そのほんわかとした睡《ね》む気が、怠け者のわたしには実に親しみ深い。高等学校（旧制）のころのわたしは、これらの蛙以上に土や泥から出たがらず、つまりは下宿の布団の中から出たがらず、出席日数不足で、結局は学校からおさらばするほかはなかった。

　怠けは今もなおつづいて、家から一向に外へ出ようとしない。これでいて何とか食いつないでこれたのは、日本のジャーナリズムが、他国にくらべて非常に寛容なのか、繁昌しているかなのだろう。何やらはなはだ申しわけないような感じがしないでもない。ほかの国のジャーナリズムの中でなら、わたしぐらいの物書きは生きて行けないような気がする。

　不景気なことをいっているみたいだが、半分はのんきでいっている。目がさめねばならぬような、さめたくないような、まさに地中の蛙そのもので、グッグッ、コロコロ。

われ動かず

板につきさしたピンのように全然動かずにいると、知人友人たちが外国によく行くことに気がつく。みやげをくれる人もある。

中国の墨、ネパールの小馬（チベッタン・ポニイ）につける鈴、耳輪、木をくりぬいたボール状弁当箱、インドの奇妙な真鍮《しんちゅう》仏像、真鍮板の子供のおもちゃのような彩色仏画、手巻きの小型葉巻き。そんなみやげを上からぶら下げたり、たんすの上に並べたりしてながめている。みんなアジアのものだが、日本風と大変ちがうとも感じ、向こうから文化はたしかに流れて来たとも感じる。近くは詩人の牧羊子が、東南アジアを三週間ほどあるいて来たんよと、東京から電話して来た。

関西に行く時には何かもって来てくれるそうな。何かは聞くのを忘れた。韓国へ行って来ましたという大学生の電話も受けた。

昔は生まれた村からよそへ行ったこともないという人が沢山いて、面白い話をきけるのがうれしくて、旅人をよろこび迎えた。

ちょうど今のわたしはそのような村人に似て来た。体験をいっこうにしないで、人の話をきいてよろこんでいるばかり。たよりないことであるな、とは思うがいっこうにあしが外に向かぬ。全くの億劫な書斎人で、話の種も尽きそうだ。

日本人ははにかみ屋で、そのため国際感覚に乏しくなるということを雑誌や本でよむけれど、少しずつ今の日本人の一部ははにかみ日本人と異質のものになりつつあるらしい。

わたしは旧態依然たるはにかみ日本人のままでいるらしく、外国人の友人を一人も持っていない。外国人の友人の多いらしい司馬遼太郎の、外国人の友人について書いていることを、羨望をもって大変面白くよむ。好奇心は満々としているが、まねる自信はない。

閑中多忙通り越す

わたしは忙しいのに弱い。

だから、大名、公卿、官僚その他、そうした忙しいことを、これ勤める自信はない。少々歴史に興味をもったおかげで、そのようなことを知った。

その代わり、閑なことと、貧乏にはいささか強いようなところがある。そのために、家にひきこもっていて平気である。外へひっぱり出されるのは迷惑千万である。

ところが去年ぐらいから、閑中貧ありなどのんきなことをいえなくなりはじめた。世間がわたしをつつきはじめて、閑中多忙ということにしようとする。こっちは必死に抵抗もするが、世間と個人となると、多勢に無勢で、あっと気がついた時には、ちゃんと動かされている。その結果が目の前へ出て来て、アッとびっくりしても手おくれになっている。

動かされており、閑中多忙となっている明らかな証拠がつい最近にもあった。

その一つは駸々堂出版から依田義賢の「祇園まち、一噺（ちょぼいちばなし）」という本が出たことで、何とその本の装丁画も、三十枚を越える挿絵もわたしが画いている。祇園まちといえば芸妓、舞妓の住むところである。その艶っぽい連中を、筆づかいもままならぬわたしが描いているのは珍中の珍で、あえてわたしを起用した依田義賢という人は物ズキの大本山という外はない。さすがにスイなお方である。

その二つは「阿波の子タヌキ譚」というLP版のレコードがコロムビア・レコードから出る。これは一昨年、芸術祭参加ラジオ部門で優秀賞をもらった作品で、四国放送（徳島にある）制作であったのを、レコードにしたわけである。

こないだそれの企画者である四国放送重役の松村益二から陽気な電話がかかった。

「今日コロムビアから見本持って来よってなあ。レコードもええけど、ジャケットのあんたの絵がまた、何ともいえん、ええんじゃ。ジャケットを前においてなあ、ほやからわしはええ機嫌で、ビールをずっと飲んどるんじゃ、ええぞ、ほんま。うん、こないして飲んどると、ビールほんまにうまいわ」

ひとりで機嫌よがっているが、こっちにはジャケットも見えぬしレコードも聞こえぬ。

ジャケットの絵というのは、昨年東京で「阿波の子タヌキ譚」を徳島少年少女合唱団と、テノール某、ソプラノ某で、日本音楽集団（和楽器のみの集団である）伴奏で、大公演をやった時、バックにわたしの絵を何枚かスライドで写したそれをいうのである。

わたしは作詞しただけのつもりが、バックの絵まで描かされて大忙しであった。その大忙しの結果が今頃出て来て、松村益二のビールのくだまきにまで、付き合わねばならんこととなった。これも一つの閑中多忙である。

その三つは、これもわたしをよく知っている人ほど、狐につままれたような顔をするだろうと思う。第一本人そのものがいささか狐につままれたような気になっているのだ。それは富士正晴編著の『酒の詩集』というのが、事もあろうに、カッパブックスで出たということだ。これは古今東西の酒の詩のアンソロジーみたいなもので、十二章にわかれている。

章の扉の挿絵はこれはわたしではない。れっきとした版画家畦地梅太郎（お目にかかったことはないが知人である）、各章にわたしが解説を三枚かくことになっていたが、どうにも気乗りがせず、いささか無謀の感があったが、すべて五十行ぐらいの詩で片づけた。編集者にいわせると、その詩をよんでいると酔っ払ってくるそうだが、さてどうであろうか。

まさに閑中多忙を通りこして、忙中又忙の多忙多忙多忙で、その間にくたびれ果てて深酒をやるのだから、何かわが身がわが身でないような変な気になり、疲れついでにあの人この人に電話をかけ、後悔もあり、馬鹿馬鹿しくもありこれではオレはアホに変らん（アホそのものである）と嘆声もらしつつ、もうどうにもならぬという所まで酔っ払ってしまい、それから又、何日か酒ぬきとなる。閑中多忙やら、酔中多忙やら、一向に判らぬ月が多すぎる。自ら宣伝すること件の如し。困る。

隠者は戸外に花を見た

陳舜臣にいわせると、日本の隠者は中国の隠者の一種のイミテーションであるそうだ。隠者が存在せねばならぬ客観的事情が成熟せぬうちに、中国で完成した隠者意識が入りこんで来たために、いわば知識として隠者がとりこまれた。だから、知的イミテーションとなり、日本の隠者は中国の隠者とくらべると、ちと真実味において欠けるところがある。とこういう風な意見を新聞に書いていた。それは興味のある意見だし、なるほどと思われるところもある。大体、他の先進国の文化が日本島へ入って来る場合、古から今まで、たしかにそういう傾向があり、同時にその入って来た文化がそのうちに日本島流にやわらかになり、角のとれたものになり、繊細なものになり、一種日本島風の様式になったところで、やっと落ち着くというような傾向がある。隠者と花というようなことでも、そのようなところがあるかも知れない。しかし、そのようなことをこれまで考えてみたこともなかったから、今、ここで考えはじめるより仕方がない。研究しつくした結論でないから、これが真実であると、信用してくれたり、覚えたりしてくれては珍妙なことになる。むしろ、珍妙なことをいいはじめたなと、いささかいぶかし気に、いささか興味本位に見物していてくれた方がよい。本当を偶然いぅかも知れないが、本当と思ってウソ、マチガイをいぅかも知れない。こっちの方は偶然であるより、必然であるかも知れないから、厄介である。

中国の隠者の大代表格の陶淵明の詩集、文章を読んだ記憶では、「菊を東のまがきにとり、悠然として南山をみる」といぅの以外、淵明が花や草をつんでいたところがなかったような気がする。しかも、その菊をつんだのも生花にするためにつんだのやら、延命のための菊酒にするためにつんだのやら、そこがはっきりしない。

立ちあおいなど屢々《しばしば》詩の中に出て来て、すこぶる愛好しているし、大の植物好きのようなところが見えるが、どれもこれも根つきのままで、つまり土から生えているのを歌っている。水盤とか壺とかに生けてあるのを歌っているのなどは一つとして思い出せない。

樹としては松や柏がやたらに出て来て、これは陶淵明の特に御愛顧の樹木かと思っていたら、墓場につきものの樹で、またその墓場は、葬いの時以外に、度々出かけて酒をのみ詩を吟ずる場所である（風習として）らしいので、しばしば松柏が歌われているのも当然で、「特に御愛顧」といぅわけでもなさそぅである。日本では墓場に特にヤマモモを植えるところもあるらしいから、そのようなことに淵明の住んだあたりがなっていたら、ヤマモモもしばしば出て来るということになったろう。

日本へ来て、西行ははなはだ多感な人で、花を、これは殊に桜の花を愛した。「ねがはくは花のもとにて春しなんその二月《きさらぎ》のもち月の比《ころ》」と、桜の花と春の満月とを自分の死の舞台に並べようというわけであった。しかし、この花も根つきの、つまり地面から生えている花であって、折って来て生けた花ではない。

西行が高野聖であったからには、折って来た花と無関係ではあるまい。しかし、五来重の書いたものをよんでみると、高野で仏に供えた「はな」は樒《しきみ》の葉であるということでもあった。なるほど、それで葬式には樒を並べ立てるのかと、今頃になってのんきにも合点しているが、合点ついでに「はな」と「は」はつまりは同じものではあるまいかと思いはじめた。

つまり「はな」は「はノな」であって、この「な」というのは「さかな」の「な」と遠い親戚関係がありはすまいか。また名の「な」と、もっと遥かではあるがやはり親戚関係がありはすまいか。

ゲーテであると記憶しているが（記憶ちがいかも知れん）研究の結果、花は葉が変化して出来たものであることを証明しているそうである。すると、「花」は「葉ノな」というのも万更でなく、「な」は有用、あるいは目立つもの（有名）を意味した過去があったらしい音ということも、空想としては許されるかも知れない。

この伝でゆくと、「実」と「幹」とも親戚関係があることになる。「みき」は「実」と「木」（この「木」は「茎」の「くき」の「き」ともつながるだろう）ということになりはしないか。つまり、「実」から生じた「木」になる。その「き」という音は、「つよい」という属性を含んでいるのではあるまいか。

こんなことをいっていると、「実」と「芽」は「見」と「目」がつながるようなつながり方でつながりそうで、「根」と「枝」に至って、どうにも考えがつかなくなる。しかし、「幹」「茎」のみ二音で、（枝は「え」でもよろしかろう）それから発するものはみな一音であるのは奇妙な偶然か、奇妙な必然か。きりもないことで、素人思案はここで止す。

西行は出家するまでは別として、その後はあちこち動き廻り、他人の寺や邸などに寝起きすることが多いらしく、戸内的というよりは戸外的で、その点が、自分の家に定住し、自分の田畑を耕した陶淵明とは少しことがちがう。菊をつんだり、悠然と南山をみたりはしておれない。せいぜい、関屋や社寺へ通るついでに、感傷するところあれば歌を壁に落書きしたり、恐ろしい山道に「命なりけり」などと戦慄したりして通りすぎてゆく。「花摘む野辺に日は落ちて」といった牧歌的風景を、彼の歌集に余り見ることが出来ない気がする。晩年に幼少年時を思い起してつくった連作にも、可愛い少女などあらわれてもおままごとめいたとこはあるが、お花めいたところはなかった。

ところが、鴨長明となると、転宅するごとに家が小さくなり、涯《はて》は日野のあたりの方丈の住居となるが、とにかく、定住している生活が主であり、神主時代の道具など神様もろとも追放してしまったようだが、仏の道に入り、仏の経典、仏の道具などもっているから、花をいけて仏に供えるなどのことを、少なくとも方丈ではチンマリとやったのではあるまいかと思える。それに、かけ樋もあって、まず水に不自由はしていない。時に京へさまよいでることはあっても（彼はジャーナリストのように物好きであった）仏に花を供える位の暇は掃いて捨てるほどもあった筈である。

天災人災物語の尻に、方丈生活の好さを歌い上げたような「方丈記」に、ようやく次のごときところを見つけた。

「かれ（山守の息子）は十歳、これは六十《むそぢ》。その齢《よはひ》、ことのほかなれど、心を慰むること、これ同じ。或は茅花《つばな》を抜き、岩梨をとり、零余子《ぬかご》をもり、芹をつむ。〔ここまでは、どうも食用らしい〕（中略）帰るさには、折につけつつ、桜を狩り、紅葉を求め、蕨を折り、木の実を拾ひて、かつは仏にたてまつり、かつは家づとにす」

この桜や紅葉は仏前に生けたのだろう。蕨や木の実は何かに盛って仏前に供えたのであろう。あるいは蕨は生けられるのか知らぬが、心得がないから、わたしには判らない。

「無名抄」をついでに眺めてみると、「又桜をば尋ぬれど、柳をば尋ねず。初雪などをば待つ心をよみて、時雨、霰などをば待たず。花をば命にかへて惜しむなどいへど、紅葉をばさほど惜しまず。これらを心得ぬは故実を知らぬやうなれば、よくよく古歌などを思ひときて、歌のほどに随ひて計らふべきなり」とあるのは、歌よみは故実にうるさくこだわって、虚心に花を見ることは、できぬらしいな、といささか鼻白む思いがする。

また、「この薄、同じさまにてあまた侍るなり。ますほの薄、まそをの薄、まそうの薄とて、三種侍《みくさはべ》るなり。ますほの薄といふは、穂の長くて一尺ばかりあるをいふ。（中略）まそをの薄といふは真麻《(まそ)》の心なり。（中略）絲などの乱れたるやうなるなり。まそうの薄とは、誠にすはうの薄といふべきを、詞を略したるなり。色深き薄の名なるべし」とあるが、どうやらこれも実物を見てよりは、口で教えられたみたいで、やはり歌よみであるなあと思われる。

そのずっと後に、「かはづ」とは普通の蛙をいうのではなく、井手の蛙をだけそういうので云々という話があり、どうも河鹿《かじか》のことらしいが、これも実見によらず聞き書きであった。ぐるりが自然にとりまかれ、窓をあければ自然と空気の往来する方丈では、生け花は生け花としての独立性をもちにくいらしかった。方丈そのものが、自然と空間を区切る建築というよりは、ひとときの自然の中に生えた茸のような感じがしないでもない。茸の中に法師が住んでいたというわけだ。

　吉田兼好となると、邸はちゃんともっている、生きてゆくに充分以上の何やらインテリ的高貴な何かのパテントを持っていたというらしいから、長明などとは事かわる。方丈と邸宅とでは、建物の外側の土地も、丸々自然と、人工自然とのちがいがあろう。同じく神道出身の、出家の歌人であっても、出自の差、教養の差、生活の資力の差、これはどうにもなるものではない。従って兼好の「徒然草」にはそれらしい身分高げな、専売特許元締めいた、気むずかし気な、わけしり気な、高圧的気な趣味的断言が堂々とあらわれてくる。それがまだ、建築内部にまで入りこまず、外部、庭に存在していることが面白い。（建築内部にどっしりと小自然が腰をすえるのは何の時代かは、こっちが知りたいことだ。つまり、生花の歴史について全然、無知であるということである。学ばざる可けんや）

「家居のつきづきしくあらまほしきこそ、かりの宿りとは思へど、興あるものなれ。よき人ののどやかに住みなしたるところは、さし入りたる月の色も、ひときはしみじみとみゆるぞかし。今めかしくきららかならねど、木立ものふりて、わざとならぬ庭の草も、心ある様に、簀子《すのこ》・透垣《すいがい》のたよりをかしく、うちある調度も、昔おぼえて安らかなるこそ、心にくしとみゆれ。多くのたくみの、心つくして磨きたて、唐の、大和の、珍らしくえならぬ調度どもならべおき、前栽の草木まで、心のままならず、作りなせるは、見る目も苦しく、いとわびし。さてもやはながらへ住むべき。また時の間の煙ともなりなんとぞ、うちみるより思はる。」

　さてもまあ、由緒、家柄自慢のクゲサンの、今成金憎悪の激烈さにはおどろくべきものがある。「時の間の煙ともなりなん」とは、なりなんどころか、ならしてみしょうぞとまではゆかぬが、ならしてみたいものよぐらいのところはある。自然さ礼讃、人工排撃とみえるが、「のどやかに住みなし」というところ、あながち人工を排すというわけでもないだろう。人工をほどこすやり方の「わざとならぬ」と「心のままならず、作りなせる」の価値のちがいを言い立てているだけで、さすがクゲサン、庭作伝授みたいなものがありそうな気もする。

「いやしげなるもの。ゐたるあたりに調度おほき、硯に筆のおほき、持仏堂に仏のおほき、前栽に石草木のおほき、」というあたりは、外の自然のはなしではなく、塀でかこみこまれた邸内のはなしで、その邸内の庭から、自然が家の中にひっぱりこまれると、生花ということになりはしないかと思うが、兼好の好尚は一向にそこまでは来ず、座敷に坐って目を走らせているばかりで、ぶつぶつと自分の趣味ばかりつぶやいている。

　たまに、視界を縮少し、あるいは焦点を小世界に合わせたかと思う次のようなところ

「閼伽棚《あかだな》〔仏にそなえる水を置く棚・水屋〕に、菊・紅葉など折り散らしたるは、さすが

に住む人のあればなるべし。かくてもあられけるよと、あはれに見るほどに」など、わび住いする人の暮らしについての感動は大いにあるが、閼伽棚に折り散らした菊・紅葉の姿そのものについての感動ではなさそうで、菊・紅葉は感動の触媒みたいなものだ。もっとも生花は触媒であっても、かまわないだろうけれど、その姿形に造形的関心がチラリともないのは、やはり生花の世界がまだ兼好らのころには無かった、あるいは意識されなかったのかも知れない。だから、つづいて「かなたの庭に、大きなる柑子の木の、枝もたわわになりたるが、あたりをきびしくかこひたりしこそ、少しことさめて、この木なからましかばとおぼえしか」と、やはり人事、人の心ばえ本位のところがある。あたりをきびしくかこったから、柑子の木の美しさが台なしだとはいわない。その持主のこころがケチくさいというわけである。どうも短歌人は俳句人より、人の心に傾きが多くて、俳句人のごとく自然だけで時にことすむようなところが少い気がする。三十一と十七のちがいでそうなるのか。それは知らぬ。

　どうも兼好に至っても、生花論議めいたものは芽さえなくて、あるのは庭木論議のようである。自然は邸内にまで入って来たが、座敷の中まで、入って来なかった筈はないが、充分に意識されたものとして入っていなかったのではないか。あるいは、仏への供花という宗教的意識がつよすぎて、実はそこに確として存在している美意識をも、宗教的意識であるとしか思わせなかったのかも知れない。

「家にありたき木は、松・桜。松は五葉もよし。花は一重なるよし。八重桜は、奈良の都にのみありけるを、このころぞ、世に多くなりはべるなり。吉野の花、左近の桜、皆一重にてこそあれ。八重桜は異様のものなり。いとこちたくねぢけたり。植ゑずともありなん。おそ桜〔おそくさく桜、八重が多いそうな〕、またすさまじ。虫のつきたるもむつかし。梅は、白き、薄紅梅、一重なるがとく咲きたるも、重なりたる紅梅の匂ひめでたきも、みなをかし。おそき梅は、桜に咲きあひて、おぼえ劣り、けおされて、枝にしぼみつきたる、心うし。「一重なるがまづ咲きて散りたるは、心とくをかし」とて、京極入道中納言は、なほ一重梅をなん、軒近く植ゑられたりける。京極の屋の南向に、いまも二本はべるめり。柳またをかし。卯月ばかりの若楓は、すべて万の花紅葉にもまさりてめでたきものなり。橘・桂、いづれも木はものふり大いなるよし。

　草は山吹・藤・かきつばた・なでしこ。池には蓮。秋の草は、荻・すすき・桔梗・萩・女郎花《をみなへし》・ふぢばかま・紫苑・われもかう・かるかや・竜胆《りんだう》・菊・黄菊・つた・くず・あさがほ、いづれもいう高からず、ささやかなる垣に、しげからぬよし。

　この外の、世に稀なるもの、唐めきたる名の聞きにくく、花もみなれぬなど、いとなつかしからず。大方、何も珍しくありがたきものは、よからぬ人のもて興ずるものなり。さ様のものなくてありなん。」

この庭木評論家はどうやら大へんな攘夷家でもあるらしい。しかも、自分の見なれた草木は、自分のすきな草木は、みな天照大神のむかしよりあった日本古来のものと思いこんでいるらしいが、さて、それはどうだろうか。

どうやら、日本の隠者たちにとって、花は戸外において鑑賞されていたらしい。しかし、遠くの自然から、近くの邸内の自然となり、やがて建物の中の自然となって行くのが、運命の一つの形であったらしい。建物が出来、人間が定着し、外へかせぎに行くものあり、内にひきこもるものあり、自然は内にまで在ってくれねば困るものとなり、床の間が必然として生れたところで、すらすらと生花はそこに定位置をみつけ、ここらあたりで、花の組み合せ、姿形、性質への細やかな観察、鑑賞、陶酔が生れ、延々何百年たってみると兼好いかに排しても外国《とつくに》の草木更に入り来り、建築、住い態《ざま》ことかわって、生花もちと生き方をかえねばならぬ。隠者と花はどうなった？　はて、淫者と花にあらざるや。いとむつかし。

絵かき志願

今から五十年ほど前、中学校の高学年のころ、ふっと絵かきになりたいなと思ったことがある。小学、中学を通じて、図画、書方はずっと甲乙丙丁の丙だったのに、どういうわけでこんなことを思ったのか訳がわからない。一時中学校では漫画をかくのが流行して、黒板にかいた級長の顔が実にうまいと、クラスのものに褒められたことがあったが、その位でそんなことを思いついたとも思えないのだが。

わたしははなはだ晩成《おくて》であって、その頃、高等学校の存在さえ知らなかったのだから、勿論美術学校、絵画研究所、また絵かきへの弟子入りなどのことも全然知らなかった。職業としての絵かきなどということも知らないのに決っている。となると、絵かきになりたいとは何のことやら判らない。そういう具合だから、「ふっと」はただ「ふっと」ですぐ忘れてしまった。

中学を卒業し、一年浪人して三高に入ると、一週間もたたぬのに面疔《めんちょう》になり、それが多発性筋炎という体のあちこちが膿む病をひき起して、京大病院に入院した。三ヵ月ほど次々に手術を受け、ようやく快癒に近づいたころ、ノートに日記をつけ出し、それに看護婦を挿絵として描いた。どういうわけか、看護婦の服装はそのままだのに、看護婦の顔は狐かあひるか判らぬような顔ばかり描いている。後年、戦後になって、「暮しの手帖」の挿絵に花森安治が描いている人物の顔がそれとそっくりだったので愕然とした。偶然の一致だろうか。花森はわたしより一年上だったが、同じ中学校で、同じく弁論部に所属しており、部室でよく花森の自作の小説をきかされた覚えがある。彼の漫画も見せられたことがあるだろうと思うが、それは全然記憶にない。ひょっとしたら、花森はその頃からあんな狐ともあひるともつかぬ女の顔を描いていて、それがわたしに流れこんだのかとも思ったが、どうもそうではないような気がする。とすれば偶然の一致か？　わたしのはおそろしい手術室や治療室に運搬車にのせて運んで行く女というところから狐ともあひるともつかぬ顔が自然に出て来たのだという気がする。一ぺん花森にきけばよかったが、交際のないままに彼は最近死んでしまって、もう駄目だ。

　退院してから、当時予備校に通うために京都に下宿していた中学校での同級生、岩崎一正のところへよく遊びに行った。彼は室生犀星や三好達治が好きでひそかに詩をかき、通っていた予備校の雑誌には頼まれて器用なカットをよくのせていた。このカットには影響されなかったが、ノートを盗み見てはじめて詩というものを知り、わたしは詩らしいものを書きはじめた。それとともに、古本屋でゴッホの画集（勿論その頃だから、今のように色刷りなどない）を買い、大へん好きになり、ゴッホまがいの絵を墨で画用紙によく描いていた。といって、詩人になろうと思ったわけでもなく、絵かきになろうと思ったわけでもない。岩崎一正は花森とも友人であり、ともにもう大人であったわけだが、わたしは岩崎と年は一緒でも、全然の世間知らずであって、職業としての詩人、作家、絵かきというものについては無知であった。無知であったというより、「職業」というもの、人間は何かを売って金を得て生きて行くものであり、その手段として職業があるという感覚が全然なかったような気がする。この感覚がやや芽生えかけたのが、三十代に入ってからみたいだから、われながら馬鹿馬鹿しいことだ。村山槐多にやたらと感心したりしていたのだから、銭もうけなどのことの感覚が出てこないのは無理なかったのかも知れない。高等学校も、何のために行っているのか、考えてもみなかったし、考えてもはっきりしなかったのではあるまいか。

　文学好きが昂じて（ということは学校ぎらいが昂じてということにもなるらしい）志賀直哉を奈良に訪ね、志賀に京都の詩人竹内勝太郎を紹介されて、詩を見てもらいはじめる。その間もゴッホ画集が皮切りで、しきりと古本屋で画集を買った。そのくせ、博物館、美術館、展覧会などに殆んど行っていないのは、その頃から不精者であったのだろう。

竹内勝太郎は単なる詩人ではなく、高村光太郎にいわせれば「もっと広く文化人」ということで、演劇、音楽、美術、民俗学、宗教と、その世界はひろかった。彼を中心に「三人」という詩の同人雑誌をつくって、多くは三高生の同人がよく竹内家の書斎に集まったが、外のものが師匠と文学論や哲学論をやっている時、わたしは知らん顔で師匠が買い集めたフランスの画集など眺めていることが多かった。時々、クレパスで何か描いたことがあるが、気晴らし位で、絵かきになりたいなどの気は微塵もなかったような気がする。

竹内勝太郎の親友の花鳥画家榊原《さかきばら》紫峰《しほう》のところへも時々つれて行かれたが、ここでは蓄音機で、コルトーのピアノや、カザルスのセロなどのレコードを聞かせてもらうことが普通で、絵の話などまず出なかったのが面白い。

竹内が四十二歳で不慮の死をとげてからもわたしたちは紫峰家へ出入りしていた。

どういう事情だったか思い出せぬが、四、五日紫峰の家に居候させてもらったことがあり、一室もらっていた。

退屈したから奥さんにたのんで、不用の色紙と筆をもらった。筆は何でもよかったのだが、紫峰の使っていた筆の中古がやって来た。それで好き放題にかきなぐっていたら、ひょいと紫峰が入って来て見せろという。こちらは退屈まぎれのいたずらのつもりだから、大家だからといって見せるのに恐れおののく訳でもなかった。

当時、中川一政の随筆本や新聞の石井鶴三《つるぞう》の挿絵などに心が傾いていたころだから、その影響が少しあったかも知れないと思われる。

紫峰はふーんといいながら色紙をあれこれ眺めていたが、君、これ貰っていいねといって一枚とった。こっちも、ふーんと思った。意外千万という気が少しした。

富士君、君、絵かきにならんか、と意外千万の強烈なのが来た。紫峰は、自分はまだ人を教えるほどの者ではないといつもいい、弟子というものを一生取らなかった。もっとも、桑野博利などは押しかけ弟子だといっているけれど、紫峰の扱いは若い友人というようなものだったろうと思われる。だから、絵かきにならんかといっても、おれの弟子にならんかということではない筈である。わたしは、絵かきにならんか、に呆れたが、へへえ、ぼくが絵かきねえ、位のところで別に反対はしなかった。

紫峰は八大山人の画集をわたしにあてがい、どれかを模写してごらんと言った。八大山人の線は素直だから、これが君にはいいだろうというわけである。出たらめ描きは気分がいいが、ものをそのまま模写するのはわたしは苦手であった。（つまり、学習することが苦手なので、わたしが語学が大いに不得手で学校を中退せざるを得なかったのもその故だろう。語学もその根は模写にある筈だ）。

気分が悪いからぐしゃぐしゃ描いて、数日後、紫峰に見せると、憮然たる表情をしてそれからは絵かきにならんかと一度も言ったことがない。わたしもそれでほっとした。というのは、絵かきというのは何であるか、実のところ不可解であったのであるし、何かをして銭をもうけ、その銭で飯を食うという仕掛けが、全く晩手《おくて》のために気味悪くもあったわけらしい。これは昭和十二、三年のころで、わたしは数え二十五、六歳であったろうと思う。

絵かきになるということは訳がわからなかったが、紫峰の中古筆をつかって、障子紙に絵をかいたりすることはその頃よくやった。思ってみるのに、今ほど絵をかくのが厭という気分がなかったらしく、時々もって行って紫峰に見せることもあった。君みたいに自由に描けたらいいなあ、と時に紫峰が呆れ果てていったことがある。紫峰のくれた筆は微妙で、筆尖がすぐ上へ曲ってしまったりすることがあったけれど、それは何とかいう筆作りの名人が紫峰を苦しめ、紫峰の絵を飛躍させるために作ったものであったそうだ。こっちは飛躍どころか、地面にぶっつけられるようなものであった。それにしても、紙に墨をぬたくり廻しているうちに、榊原始更《しこう》とか、棟方志功とかと何かの縁で知り合い、棟方志功は、富士さん、あなたは茶碗屋みたいな絵をかきますねえと不思議がられたことがあった。その茶碗屋が棟方の家へ書き散らして置いてかえった絵を、志功のファンである牧師が志功の絵だと思ってもって帰ったなどという珍談もあったらしい。

戦後になって、これも一種の縁で、京都住い時代の庫《く》田《ら》叕《たてつ》と知り合いになった。基礎も法もなく戦中戦後に彫った版画展を京都でやった時に知り合ったのであった。版画は板がなくなったので止めてしまっている。刀の刃をとぐことも出来ないのだから、どうしようもない。

戦後、版画展を二回、絵の個展を東京で一回、大阪で一回やっているが、考えてみれば僣上の沙汰みたいなもので、どういうわけか物好きが周囲におってこんなことになってしまうらしいので、個展の時には照れくさくて会場へ行くのを避ける気分が多い。自分で絵かきという気が全然しないからである。絵はかくがおれは絵かきでない。

鉄斎はわしは学者であって、絵かきではないと思っていたらしいが、白いものを見たらそれに絵をかかずにおられなかった鉄斎こそ絵かきであって、そんなにかきたくはならぬわたしなど絵かきである筈はないという気が随分以前からわたしにある。

棟方志功でも、始終絵をかきたがった。わたしの知人の家によくとまったが、そこの襖も絵だらけにし、子供にもさかんに絵をかいてやったらしい。こういうのがまあ絵かきなのだろうと思っているわけだ。

又、榊原始更は、ふすま位の画板（?）を垂直に立てておいて、毎日それに荒れた土の丘を描いていた頃があったが、うまく出来上ったなあと感心して帰り、次の日行ってみると、それを刷毛に水をひたして、洗い落しており、その絵具を受けた皿をみて、これは何ともいえぬ素晴らしい色やなあと感心しており、やがてぼんやり昨日の絵が残っている上に、再び描きはじめるのだった。こういうのが絵かきかとわたしは思って見ていたものだった。

　こういう人々を見て来たので、どうも、わたしは絵かき的でないということは、わたしにとって明瞭であった。福田平八郎について書かねばならんことがあって、調べているうちに、風邪で床についている彼が、枕元にあるものを、色々位置をかえ、角度をかえ、蜜柑など一袋くってはかき、二袋くってはそれをかくなどスケッチをやっているのには、これが絵かきというものだなと思った次第であった。

　十年程前か、ちょっと思い立って庭に出て、木のスケッチをはじめたが、二、三分でやめて以後やらない。スケッチ帖にひく自分の線が鈍くて鈍くて見るのも厭だったからだ。

　曽宮一念《そみやいちねん》翁には、あなたの使っている絵の具は実に安物でいかん、百年もたたぬうちに変色するといわれ、ぼくの絵なんか変色したって大したことないやないですかというと、呆れ果てたという目でちょっとにらまれたことがあり、これが本当の絵かきと、ただ、絵をかくだけの者とのちがいだなと、切実に感じたのであった。だから、おれは絵かきになれはしない、全然ちがうと思っていたのだが、近頃、文章をよみ、文章をかくのが厄介になりはじめると、しまった、絵かきの方がよかったのになど、ふっと思うことがある。

「ふっと」であって、それ以上でない。虫がいいだけの話である。

わたしの頑固作法

題を書いて、時々にらんで見て、はなはだゆううつである。

第一わたしは頑固なのであろうか、次にもし頑固であるとしても、頑固というものに作法があるのであろうか、作法があるとするならばその家元宗家といったものがあるのだろうか。ここまで書く三行ほど前から、右手の人指し指がこぶらがえりを起こし、しばらく休憩のやむなきに至った。体の方が書くことに反抗しているのか。

『広辞苑』に簡単な説明がある。

がんこ【頑固】　かたくなで意地張ること。かたよって事理に通ぜぬこと。かたくな。かたいじ。

この説明の言葉をやはり『広辞苑』で詮索してみるとどうなるか。

かたくな【頑】　①頑固で事理に通ぜぬこと。へんくつ。②ねじけたること。片意地の強いこと。③見苦しいこと。いやしいこと。おろそかなこと。陋劣。

大分いやらしい内容が入って来て、これでは頑固作法について書けなどと言われるのは、おれを卑しめたのかも知れんぞと、こっちがひがまねばならなくなりそうである。註文者にさような悪い下心があったのか。

それでは事理に通じないというその「事理」とはいかなることかと、これも引いてみないわけには行かない。

じり【事理】①物事のすじみち、ことわけ。道理。②なす仕事とその道理と。③ノ仏教的説明ハワタシニハ判ラヌカラ略ス。

こう三つ並べてみると、頑固とは物事のすじみちや道理をわきまえず、又、それに通じていないために、素直でなくてねじけており、外からみて見苦しく、卑小で、おろかしいことであるということになりそうで、余り感心した性質、人柄を意味しないということになる。全く作法というような上品な、道理に合った結構なものが、そこには存在しないということになる。果してそうか。

われわれがあれは頑固だと人を評している場合、こちらの言い分を少しも聞き入れないので困る、閉口するというばかりでなく、その人に一種の面白さ、滑稽感と共に、愛嬌、愛情を感じている場合もあるような気がする。その場合には見苦しい、卑しい、陋劣といった見方よりは、厄介だが天っ晴れでもあるという見方の方が強いのではあるまいか。

こうなるとこの註文者はわたしに対して悪意をもっているどころか、多大な好意をもっているということになる。但し、けったいな人間もおるもんだ、あれだけ勝手していて、とにかくこの世に生きているのは不思議だなあという感情もその底にはある。とすれば、頑固作法などという言葉が出て来ても、一向にかまわないわけだ。

ここらあたりで、わたしも気分を直して、何とかこの文章を終わりまで書かねばなるまい、ということにでもなるか。

＊

事理に通じない、道理がわからないということは、自然科学のそれ、真善美のそれを意味しているようには思えない。この世に生きる社会知、常識、風俗習慣のそれを意味しているように思える。つまり、普通のいわゆる良識にしたがわず、自分の感覚でおしとおし、妥協を中々したがらぬので、始末にわるいということの表現が、頑固という言葉になるので、頑固が積極的にこの世に対して有害であるということにはなるまい。

但し、おれは頑固者だからなどと自分から言い出して威張っている者には、わたしだって、見苦しい、おろかしい、卑しいという感じを抱かないわけではない。とすると、頑固作法など積極的に得意になって説こうなどという奴は鼻持ちならん奴ということになり、この文章降《お》りたといいたくなるわけだが、わたしは自分でわたしの頑固を感じているのではなくて、ひとから見たら少々わたしの生き方が頑固に見えているのかも知れぬなあと思うだけである。わたしを竹林の清人といい隠者といい仙人ということが、一種の流行になっているみたいだが、わたし自身は自分がそれに当るとも思っていず、それを看板にかけて主張しているわけでもない。心ならずも外側からそんなレッテルが貼られているだけで、一々否定するのも面倒だから、わざわざその看板を外しにかからないだけなのだ。だが、何故そんな看板、清人、隠者、仙人、をかけられてしまうのか、どうしてそうなるのかということは、少々推理推論してみてもかまわないようにも思われる。

　わたしはこの世にかかわるということを否定しているわけではない。しかし、この世に流行しているやり方でこの世にかかわるということは半ばものうくて、面倒くさくて厭であるために、余りこの世の風《ふう》の人交りに出て行かないだけである。第一、この世にかかわらずに、この世の一隅でこうして家族を養って生きて行ける筈はないではないか。金なくて何でこの世の桜かな、ただ、その金が余り沢山ほしくもないという性質がわたしにあるらしいのは、自ら省りみても事実であるようだ。これは思い出せるかぎりの少年時代から一貫してそうであったから、今更どうしようもない。この世の名誉、出世についても同じようにそうであったから、貧乏ぐらしにははなはだ適当している。ところが、無害無益のこのような、性質が却って世間からにらまれて、頑固といわれかねないのだから、全くこの世は皮肉に出来ている。世間は無害無益を許せない性質を少々ならず内包しているらしいのだ。これは逆説ではない。

どういうわけか、小学生のころから、わたしは集団行動というものが苦手で、きらいであった。その苦手、きらいの底に、皆と調子が合うということへの照れくささがあるような気がする。だから、合唱又は斉唱ということもやり切れなく、あらゆる式典というものが幼な心にもむずがゆくて心の中ではなはだ憎んでいたような傾向があった。

集団行動ぎらい、集団とのリズムの一致への恥かしさは、運動会ぎらい、遠足ぎらい、修学旅行ぎらい、歩調を合わせての行進ぎらい、式典での一斉の行事ぎらいから、教室で先生から教えられることに身を合わせることぎらいということになり、幼いころから、この世と歩調を合わせることに対する心情的な苦痛があって、これが今に及んでおり、それを人が頑固と見ているように思われるが、果して頑固なのかどうなのかよく判らない。それは頑固というより不適合という方がいいかも知れない。不適合なら、この世に腹を立てて、自殺するなり、世直しのための破壊活動に突入するなりするのが当り前とひとは思うかも知れないが、自殺、破壊、革命活動すらが、又この世そのものであるならば（あると思う）、それともわたしは不適合であるのではあるまいか。照れとぶきっちょと不信とがそこにあって、この世に流行するものの方へ、わたしの心身は動かない。努力する気がない。

自転車にのれない、勿論自動車は運転出来ない、外国語は全然出来ない、メーデーには行ったことがない、アンガージュマンという心情がない、政治運動、文学運動の中に必ずある合言葉的流行語を使うことへの反撥があり、社交ダンスも気味わるく、盆踊りすらやれない。音楽のリズムにのることがやり切れないのであり、踊らされること、組織されること、歩かされること、一致を強制されることとみなやり切れない。世の（あるいはある宗教、あるイデオロギー、ある気分、ある心情）と一致することを強制と感じないところに真の自由があるのだと、宗教家も哲学者も革命家も説きに説いて飽きないように思えるが、その自由を真善美として強要されることがいやなのであって、お前らはその真の自由の中で大いに動けばいいわと思うばかりである。真の自由の無常迅速、色のあせること、持ちの悪さにはあきれかえるというのが、わたしのこれまでの観察がおしえてくれたところであると自分では思っていて、全くそうしたものに対する信用の念はない。みんなますます早く変化するわい、三百六十度回転などお手のもので、自分のうそに気づかぬだけではあるまいかというのが、わたしの観測というものだ。しかし、お前らはケシカランと積極的に攻撃する気はない。ケシカランもこの世の流行の一つに外ならない、と思われる。

わたしは近頃よくはやる出版記念会、受賞祝賀会、誰それさんをはげます会、同窓会、その他の大衆運動的集会、立食パーティ、結婚式、葬式、そうした人の寄る催しもの一切、立寄る気がますますなくなっている。というのは大きくいったら人類という動物の偉大さ（よかれあしかれ両方面の）にうんざりしているのかも知れない。しかし、それを観察することは耳目があり、頭があるからつづけている。不信の念深くして好奇心また濃厚なりという一種の矛盾した（でもないか）状況を内蔵しているのだろう。但し、この観察は新聞、雑誌、単行本、テレビの報道議論を通じてやられて、全然現地を踏むという現地主義のところはない。しかも、そこで得られる情報・映像に対しても、これは世の流行の一つという風に思っており、不信と好奇心の濃厚の点では同じである。こういう奴は雑誌よりこの世の楽しみがないということになる。行楽、旅行、スポーツ、現地を見てくること、すべて楽しみより苦しみにつながる。どうにもならぬのであり、主観的にはおれはこの世の現象の上や中や底で、もだえているということになる。生命があるものに対して、たった一つ自然が公平なのは、生命あるものは必ず、一つずつ死があるということだと思っている。従って、極楽・地獄、天国・地獄（最後の審判）などの話を製造した連中のお話にも不適合である。長命長寿の法にも不適合であり、真の自由、真の信従といった心情も、観察しているのは面白いが、永遠のものとは思わず、必ず短時間で腐敗し、死に、消滅するものだと思っている。そうとしか見えんではないか、とわたしが思っているので、外の人はもちっとちがうことを思っているような活動をしている。

　わたしが物心ついてから今まで住んで来たところは大体、大都会ではあったが街中ではなく端の方のひっそりした住宅町で、盛り場の気分の届くところではなかった。盛り場あるいは盛り場近くで育った人と、気質的にそのため大分ちがう気がする。興行物、飲食店が沢山あって賑う盛り場へしげしげ通った体験もないということは、その内的生活を華やかな好奇心に満ちた、はずんだものにしなかったような気がする。といって、鳥を追い、木にのぼり、木の実をくい、小川で魚をとるといった田舎の生活とも関係が無い町中であったので、その方面の生活から来る豊富さもない。わたしに残されていた唯一の豊富な世界は読書の中にしかなく、行動の方は全然貧寒であった。旅行も知らず、飲食店も知らず、芝居寄席なども知らず育ったということ、運動もやらず、音楽もやらず育ったということが、大体わたしの現在を形造ったのではないかと思われる。街中でなかったから、図書館通いの経験もない。わたしは自ら進んで山野へ行って楽しむことも出来ず、盛り場へ遊びに行って楽しむことも出来なかったことに、わたしが臆病で、勇気ある積極性が養われなかった、養おうともしなかったはげみのなさが示されているような気がするが、その連続でいたずらに年くって、老人になり、やはり自分の室で坐って本を読んでいるのが一番気楽でいいという今の自分になっており、別にそれ以上のことを求めに出て行く気もないでいるという有様だと思う。何かをこの上求めに行く必要がないし、人にもそう会う必要もないとしたら、この世における力（金と名誉も）今以上必要でないということになるだろうと思われる。それは状況であって、覚悟や作法では多分ないであろう。とすれば、これをしも頑固というのは、それはやはり、外の人の見方であって、わたしの自覚ではない。

　それが頑固といわれるのは、賑やかな人交りが大へん好きで、事を催《もう》けてはパーティをひらき、会をひらいて、多くの人をあつめて、お互いの顔を見、少し話をすることに楽しみを見出している今の世の多くの人から見て、そこへ出て来て人交りをしないわたしが、ひねくれているようにもみえ、ひょっとしたら孤高をほこっているようにもみえ、金おしみのいやしい男にもみえ、人々の楽しいまねきを拒絶しているようにもみえるので、何となく不快であり、見苦しくみえるということなのであろう。人交りをきらっているような積極性をすらそこに見るかも知れない。高ぶりやがって、人をばかにしやがって、おれらと口もきけんというのかと、常日頃、わたしの電話で悩まされたことがない人はいうかも知れない。しかし、それは一切正解ではない。

　会やパーティの行われるところは、大抵、京都・大阪・神戸の盛り場のホテルが多いこと、人が集まりすぎて、顔をみることも、ちょっと話をすることも出来ず、長々とつづくスピーチをきかされること式によく似ていること、現在も片田舎にすんで、その会場に出かけるのに多大な時間と、多大な費用（わたしの生活としては）を要することなど、その催し自体がわたしの心を逆なでする「世間」そのものであることから、わたしが出かけて行くことに乗り気になれぬだけのことで、別にその「世間」にそむいているわけではないのである。物憂すぎるだけであり、わが身の時間と安楽が惜しいだけである。しかし、それを「世間」は反逆とさえ感じ、そのけしからぬ反逆に対してカッカと怒って血圧をあげ、脳溢血や脳血栓を起こしては大損だから、あいつは頑固でどうにもならんとののしって自ら沈静するのかも知れない。

これ全く、書斎でいるのがこの世の安全なゆたかな場所とくつろいでいるわたしのような消極小人物にとって、あずかり知らぬ世間の活動ではあるまいか。

頑固作法から大いにそれた文章になったと思うけれど、ひょっとしたら人はその中に作法のかけらを見つけるかも知れないとも思う。

鴨長明——方丈庵の隠者

鴨長明はその『方丈記』によっていまなお、有名である。そのほかに歌詠みとしても高名であったし、管弦の名手としても有名であったらしい。しかし、そうした方は余り問題にもされず、『方丈記』の著者として、四畳半ぐらいの組立住宅の住人として（その発明者であったのかも知れない）のみ人の心に残っている。

長明が生れたのは久寿二年（一一五五）で、同じ年生れの慈円という坊さんが『愚管抄』で「保元元年（一一五六）七月二日、鳥羽院ウセサセ給テ後、日本国ノ乱逆ト云コトバヲコリテ後ムサ（武者）ノ世ニナリケルナリ」と書いたように、二歳の時に保元の乱が始まり、五歳の時に平治の乱が始まり、公家の時代から武家の時代へと移り、京都は戦乱、天災の連続である。

源平争乱の果てに、鎌倉幕府が成立し、三代将軍源実朝のところへ長明は何かを期待しつつ旅をし、てんから収穫もなく日野の外山の方丈へ帰って、すっきり浮世のことから脱落できたような心境になったのか、一気に『方丈記』を書き上げたらしい。五十七歳ぐらいの年だから、文章もあくが抜けており、女々しい愚痴のごとき響きは聞かれず、やや詠嘆調ではあっても、冷静な天災・人災の記録となっている。だから長明は、ジャーナリストとして一流であったという人さえいる。

ジャーナリスト的性格は確かにあり、天災の災害を細かな数字をあげて書いたり、平清盛が強引に行った福原遷都の混乱をわざわざ福原にまで観察に行くといった好奇心の強さなどに明らかに見られる。余り自分に関することなどにかかずらわっていないところが天っ晴れで、これこそ出家かと思うこともある。

『方丈記』の劈頭の「ゆく河の流れは絶えずして、しかも、もとの水にはあらず。よどみに浮ぶうたかたは、かつ消え、かつ結びて、久しくとどまりたる例なし。世の中にある、人と栖と、またかくのごとし」とあるのは、明らかに仏教的無常感と見受けられるが、面白いことに長明の出自は、下鴨神社の正禰宜《しょうねぎ》惣官の子で、神官として生きて行くはずの人間であったのだった。しかし、彼が一人前にならぬうちに父が死んで、有力な後楯を失ってしまった。

それからのことを、長明は『方丈記』の中で淡々と語っているが、淡々とばかりでは困るので学者の調べ上げたところを、所々はさんで行くと、父が死んだのち父方の祖母の家を継いで永らく祖母の所に住んだ。その後、縁が切れ、落ちぶれ、思い出はいろいろ多いんだが結局家を持ち得なかった。長明は悲観してしまって、「住みわびぬいざさはこえむ死出の山さてだに親の跡を踏むべく」といって親の跡を追って死んでしまいたいなどという歌を詠みさえしたそうだ。父より先に母に死に別れているような気配さえする。

三十余りで、考えあって、別に一つの庵を造った。考えあってというのは、彼を圧迫してくる親戚の有力者から離れたくてということかも知れない。これまでの住まいと比べると、十分の一である。住む家を造っただけで、他の建物を造るまではできず、やっと土塀は築いたが、門を建てる資力はなかった。竹を柱にして車庫とした。雪が降ったり、風が吹いたりするたびに、危なくないことはなかった。河原近くだから、水難の危険もあり、盗賊の心配もある。

こうした不如意な生活の中で、彼は和歌と管弦の道に励んでいたが、正治二年（一二〇〇）四十六歳に至って宮廷歌壇に出入りする道が開け、翌建仁元年（一二〇一）、後鳥羽院によって和歌所が再興されると、寄人《よりうど》に任命された。長明の精進が後鳥羽院の目にとまると、院は下鴨川合社の禰宜《ねぎ》（神主の下、祝《ほうり》の上に位する神職）に欠員ができたので、長明をそれに任じようとした。

長明は聞いて大喜びしたと思うが、これを洩れ聞いた下鴨神社の惣官鴨祐兼が早速院に願い出て、自分の長子祐頼が適当である、長明より位階は上、神官としての修行も上ですと、ついに理につめて院を押し切ってしまった。院は困って他の氏社を官社に昇格させて、お前を禰宜に任じようといったが、長明はおそらく憤激して、和歌所へも出ず、やがて出家して大原にこもる。神を捨てて仏についたということか。やがて、五十四歳、日野の外山に移り方丈の庵をいとなんだ。日野一族の世話になったのかと思う。

まだもう一つすっきりしていないところが、建暦元年（一二一一）五十七歳、飛鳥井雅経の推挙で鎌倉へ赴き、源実朝に会ったが、いいことは何もなく空しく帰る。ここで、長明の腸《はらわた》はほぼ透き通ったのではあるまいか。その心境から『方丈記』は生れたという感じがする。

思ってみれば、住むところは小さくなるばかり、出世の見込みは消え去るばかり、妻や子があったのやらなかったのやら、とにかく独りぼっちの山棲いとなって、『方丈記』の前半は酷烈な災害記、後半は、少々はほろほろ歌舞・管弦に仏法の雲がたなびいて、快い極楽に半ば浸っているような形になった。

それを普通に日本の隠者の走りのようにいうが、美しい文章を書き得た、好奇心のまことに強い、欲も得もない一種の知的妙好人のような気がしてならない。

吉田兼好――『徒然草』の風流人

一般の読書人にとって吉田兼好《けんこう》（本名は卜《うら》部《べ》兼好《かねよし》）とは『つれづれ草』（『徒然草』）という随筆集を著した人ぐらいのところで、専門家でなければ彼の和歌など捜して読んだりはしないであろう。いまは知らず、むかしは旧制中学校や旧制女学校の国語の教科書に『つれづれ草』がよく出てきていて、いかにそれが立派なものであるかを、生徒に説いて聞かせてくれたが、むかしの余りませてもいない中学生・女学生に「よろづにいみじくとも、色好まざらん男は、玉の盃の当《そこ》なき心地ぞす」るから「花は盛りに月はくまなきをのみ見るものかは」などに感動せよとは無理というものであった。

ひねこびた趣味的老人の感想などこっちがひねこびてから読む方がいい気がするが、昨年、すでに還暦すぎてひねこびた老人となったわたしが読み返してみたら、何やら空虚な手ごたえない感じばかり残った。閉口する。

さて、その兼好は鴨長明より百三十年も後の人であるにもかかわらず、『新潮日本文学小辞典』を眺めてみて、まったく驚いた。長明以上にその伝記が分からない。出生及び死亡の年すらが、いまだにぼんやりと動いているらしく、果たしてそれが未来において確然とするかどうかも分からない。すなわち、出生は弘安六年（一二八三）ころ、死亡は観応三年（一三五二）以後となっていて頼りないことだが、学者が資料をあさり、知恵を絞っての果てがここに落ち着いているというわけである。

卜部氏は神官の家であるが、父兼顕《かねあき》は後宇多院に奉仕、兄兼雄《かねゆう》は後二条院に仕え、もう一人の兄慈遍《じへん》は、天台の大僧正に至ったとある。神と仏とはツーカーの間柄にある。

若いころの兼好は久我か徳大寺か（どちらも公卿であろう）の諸大夫（家令）であったと書かれている『正徹物語』という書物があり、まずこれは本当だろうということにいまはなっているそうだ。『つれづれ草』の中にはいかにも家令の口吻に似ているぞというところが折々あるから、このことを知ってわたしも成る程と思った。

また、二十代の前半に、後二条天皇の代に蔵人・左兵衛佐として出仕したと考えられるそうで、『つれづれ草』その他にみられる有職故実の知識などは、この時期の宮廷生活から得たものであろう。これも、西尾実・神田秀一両氏の書かれたものによる。

この有職故実の知識をひどく高飛車に、断定的に書いているところはわたしの『つれづれ草』の中で最もいやなところで、人生の目ききや指導者面をしてくれるなといいたいような気にさされる場合がある。そこへ行くと、本物の公卿などの細々とした日記など見てみると、細々すぎて何が何やらこんぐらがる場合もあるが、頭ごなしの感はない。もっとも自分の心覚え及び子孫への申し送りとして書くのだから、頭ごなし、高飛車に書く理由はないということになる。

この『新潮日本文学小辞典』の「兼好」のところを読んでいて、はなはだ不思議になるのは「関東から帰洛した」とか、「出家後（三十代初め以前のこととなるそうだ）は、ふたたび関東に下ったり、修学院や横川《よかわ》（比叡山）に隠栖したりした後、京にもどって二条派の歌人として活躍した」などのことがあるが、どうして兼好が関東へこうも往き来するのか、足利氏との関係なのだろうかどうか。足利幕府の権力者高師直《こうのもろなお》にべったりくっついていたのかどうか、そのあたりに非常に興味をそそられるが、そそられるだけで、いまのところどうにもなりはしない。

『つれづれ草』は兼好四十八、九歳のころに書かれたと推定されていたそうだが、近ごろ、序段から第三十段あたりまではそれより十九年ほど前の若書きではないかという説が出ているそうだ。文章の色つや、詠嘆度、ガッチリ度によってそういう説が出てきているのかも知れない。

同じ隠者文学的取り扱いをされているけれど、強いていえば長明は追い詰められての出家、兼好のは趣味風流の余裕ある出家と思われてならない。また、政治の強制吸引（どうしても引っ張り出して政治をやらせるという）がすでに身分制度が確立し、科挙制度などのない日本には存在しないわけだから、中国の山の下から火をかけられても遁れおおせようというような強烈な隠者はいるはずもなく、その点で、二人とも情調的風流人のような気がしないでもない。

しかし、長明の『方丈記』は音楽的であるのに対して、兼好の『つれづれ草』はいろいろな花を取り集めた活花《いけばな》的なところがあるように思われる。

長明は一途に一筋の歌をうたっているが、兼好は一つの鉢に有職故実・人生論・美術論・音楽論・珍談奇談を盛り込んでにぎわいを添えたという感じもする。だから、長明の文章は余り簡単にぬきさしならぬところがあるのに対して、兼好の文章はあれこれ別のをもってきて差し替えても差し支えないようなところがあるように思われる。

この違いが、時代によるか、個の生活の違いによるかは、考えてみても、考える材料に乏しいからどうにもならない。

しかし、いつまでも気になりつづけるかも知れない。長明の前に西行をおくと、もっとややこしくなる。西行は長明より三十七歳しか年長でないが、ひどく恐ろしい感じである。

II

小　信

何となく　倦いているよな午下り
蟬の声さえ　やけ気味で
風鈴さえも　粘り音
世間はうとくなりにけり

これはわが経文である。
何回　となえようとも
倦怠は　失せない。
新聞を四つ読んでも
テレビのチャンネル渡っても

大事件　大タレントの
洪水だから　ベチャ鼻の
月の面に　さも似たり。

何となく　何をのんでも
酔うたところが　平俗で
倦いてるさまの　午下り
うとい世間が荒れている

これはわが観察である
としをとっても　あまり
変化もなかりけり。退屈。

わたしの戦後

昭和二十年から昭和四十二年までの二十二年間には、はじめに生まれた女の子にはもう子供が生まれており、母であった女は祖母になっている。大体二十年前後で女の世界は一めぐりして出発点に再び立つ。昔のように十四、五で子供を生むなら、祖母は三十代半ばで、孫娘は七つにもなっている。

人間五十年と考えれば（人間とは男のことであり、二十歳で女房をもらい、二十一歳で娘をもち、娘が十五、六で子供を作るとすると、男はもう祖父であり、隠居の年頃である）二十二年は実に長い年月になり、ごてごてと事が重なりあって、とても後で一目で見とおすわけにいかぬ時間の距離である。

わたしの戦後ということについて考えているうちに、いつの間にやら十数日たち、やっと思いついたのはこのようなことだ。

敗戦の年生まれた女の子にもう孫が生まれておるとなると、娘は敗戦後そのもので、それに生まれた孫娘となると敗戦後のつづきで、何やら戦前くさいにおいがにおいかねぬ気がする。世界のめぐりにも、そのようなにおいが現在におい立っているみたいである。

しかし、問題はわたしの戦後で、何もかもこんぐらがった形に見えるそれを、少しは順序立てて並べて見なくてはならぬ。ついすぐそこの過去でも、順序を逆に記憶したりするのが常の普通人（つまり現代史の専門家とはまことに縁遠い）わたしとしては、何かの戦後年代記にすがりつかねば、その折々の自分の姿がはっきりしない。

というわけで、その戦後年代記風のものを見付けて来て眺めたところ、全く自分が混乱させられるのに愕然とせざるを得ない。何とまあ毎月毎月、大事件ばかり起っていることか。順序立てて大事件を並べ立ててあるが、それに一々相手していると、これも又混乱するだけのことである。そしてまた、思ってみれば、それらの大事件に対してわたしは少なからず不感症的に対して来た、つまり始終はなはだ冷淡であったらしいのである。

昭和三十二年にわたしの「游魂」という短篇小説集が出版されたが、それに対して書かれた寺田透の書評の一部が今尚わたしの記憶に残っている。しかし、今の今まで、その部分は三十一年に出版された「贋・久坂葉子伝」への寺田の書評にあったのだと思い込んでいたのだから、誠に記憶というものはひん曲った形になって残っているもののようだ。少し長くなるが、「新日本文学」三十二年十一月号にのった寺田の書評を一部ここへ引き写す。

「ありていに言って、その標題が書名としてとられている作品や、次の『絶望』という作品は面白くなかった。主題の、あえて深刻とは言えないまでも扱いの厳粛さを必要とする性質と、作者の、ふざけた態度とは言わぬが、容易にふざけたがる性質とが、これらの作品では融合していず、調和を作り出さず、作品の奥行きも浅いものにしている。作品の奥行きというのは、言い方をかえれば、作品の読者の心に対する効力の大小ということである。浸透力と動力の大小と言いかえてもいい。作者は、『こんど校正をやりながら、書いていた時の世情や生活環境が文体にひどく力を及ぼしていることに、いささか愕然とさされた。』と書いていて、『敗戦直後に近いほど、如何にも息苦しい筆の運びであることを感じる。ひどいところでは、その文脈を与えるものが理解出来ない気がする場合さえあった。』とつづけており、四九年あたりの作品である『游魂』や『絶望』などは、この感想を特に考慮して批評する必要があるのかも知れない。しかし、これらの作品は、四九年あたりの日本の、ようやく餓死の危機を脱した気のゆるみを反映してはいても、息苦しい世情の反響に充ちているとは感じられないのだ。四九年はどういう年だったか、法隆寺の壁画の焼けた年、国鉄の人員整理中総裁の変死した年、松川、三鷹事件突発の年。G・H・Qからニュー・ディール派が追い払われつつあるという噂のもっぱら行われた年。吉田茂が臣茂と言った年。湯川博士がノーベル賞を受けた年。古橋が世界記録を更新した年。——朝鮮事変勃発の前年で、軍需景気の好況によるいわゆる相対的安定期はまだ来ていないとは言え、人々は不安の目をみはって暮してはいなかっただろう。庶民ほどそうだったのではなかったか。それだけに一般の人々の自己への逃亡、自己閉鎖の傾向がつよまり、ことに松川の事件などはそれがどういう事件なのか、よく考えもせずに見すごしてしまった年ではなかったか。騒然たる底流は感ぜられたにせよ、それに打たれ、それに巻きこまれることなくひとは暮せると思った。あるいは、（気づいてみると）暮していると思えた年ではなかったか。

そういう社会状況を（一九四九年の日本の社会に対する僕の遡行的認識が正しいとしての話だが）『游魂』や『絶望』はむしろ反映しているようである。作者のもっとも言いたいことに対して、それらの緩如たる（富士注——これは「新日本文学」では信条たるとなっているが、緩如たるの誤植であることを後に寺田透が教えてくれた）、重苦しい、しかも時々傍道にそれる文体は、端的に切り込むことがなく、いわばその上層を漂蕩しているのだ。」

昭和三十二年というと、敗戦から十二年後になる。一九四九年というと、敗戦から四年後ということだろう。「游魂」と「絶望」とについて書かれた寺田透の一九四九年と、それに対するわたしの姿の分析とは、この文章を読んだ時、わたしをびっくりさせた。昭和三十二年、つまり一九五七年にわたしの中では寺田透の挙げた一九四九年の事件の数々はほとんど意識に残っていなかった。わたしは遠い昔の歴史にもうとい以上に、自分の生きて来た現代の近い歴史にもうとく、寺田透の何分の一も、それを骨身に浸みて感じていなかったらしいのであり、これは今でもそうか知れない。寺田透の目から見ればそれがはなはだじれったくもあり、決して無罪とは見えないだろうと思う。寺田透には見透しがあり、はっきりした分析があるが、わたしには見透しがなく、端的な切り込みがなく、はっきりした分析、そしてはっきりした判断、あるいは決断がない。寺田透の精神が硬質の結晶体であるとするなら、富士正晴の精神はぐにゃりと柔い粘土質のものとしなくてはならない。わたしは寺田のこの文章を見て、そういうことを感じたし、今も感じる。寺田には確とした公的の目があり、わたしには公的な目より私的な目といった方がよさそうな目がある。寺田には大義名分があり、わたしにはわたしの都合がある。そのことを寺田は「庶民ほどそうではなかったか」という「庶民」にわたしを括りつけることで、はっきり批判したのだと思うが、寺田のそこの文章を読んでわたしは全然不服はなく、全くその通りだと思った。そして、わたしはそれより仕方がない、困ったことかも知れぬがと思った。それは知識、知力、気質、育ち、体験、そうしたものの違いのためにどうにもならぬことのようにわたしはいつも考える。「端的な切り込み」という点について、わたしは杉浦明平を即座に思い出すが、わたしは明平のあの直接的な端的な切り込みを、或る人々のように余りにも単純という風には考えず、実に爽快だとして尊敬する。しかし、杉浦みたいなわけにわたしは行かぬということも、はっきり判っている。寺田透の厳しく緻密なこと、その思想の純一なことをわたしは尊敬する。しかし寺田透みたいにわたしは行けそうもない、そういう風には行かないということもはっきり判っている。

寺田透が一九四九年の大事件としてあげた色々のことにわたしがその時興奮しなかったかといえば人並に興奮した。しかし寺田はそれらの事件の奥や、未来やについて考えこんだと思う。だがわたしは多分考えこみもせず、単なる大事件としか見ないで、その上をただよい流れて行っただけだと思う。寺田や杉浦ほど、それらのことが骨身にこたえなかったということは、寺田や杉浦ほど、それらについての展望や認識がなかったということだろう。庶民流にいえば、どうなっているのやら、どうなって行くのやら、一向にわけが判らぬうちに、記憶しておられないほど次々と事件が起ったということにしかならない。こういうわたしの鈍感さ、冷淡さ、身にふりかかって来るまでは気がつかぬ暢気さといったものは、戦後にそれが出ているが、実はわたしの戦中につちかわれていたものに違いないという気がする。それも大東亜戦争がはじまってから後の、国内での生活及び、大陸での兵卒としての生活の中でだ。

　その兵卒としての生活はほとんど小説に書いてしまって、もう書くこともないが、その小説の中に書かれたわたしが、戦後にもつづいて生きていて、年齢でいえば三十代、四十代を経て、今は五十代の半ばにおり、戦後の生活も一向にぱっとしたものでなく、大凡《おおよそ》軍隊にいた頃のわたしの生活と大してかわらず、何とか今まで飯は食えて来たが、何時食えなくなっても不思議ではないという暮しであり、年をとるにつれて、辛度さがやはり増すということを感じている。耳目するものは全く気に入らぬことばかりのように思えるが、わたし一人が奮起してもどうにもならぬことは見極めがついているし、軍隊にいた時同様、自分が所属している軍隊、国家といったものがどのような作戦をもち、どのような方向に進もうとしているのか、本当のところは余りはっきりは判らず、とにかく生きるだけは生きてやるぞといった体であるみたいだ。昭和二十二年十月に「ＶＩＫＩＮＧ」という同人雑誌を作り、この十月で満二十年になるが、大して意義を認めず、その認めないことによって二十年つぶれずに来たのだという風な考え方がわたしにはある。意義というものに、わたしは大東亜戦争がはじまって以来、不信の念をかためて来てしまったらしい。埴谷雄高は「不合理ゆえに吾信ず」といった題名の本を書いたが、わたしなら「不合理ゆえに」までで「吾信ず」はいらぬような気がするし、もう一つ押せば「不合理」という文字の中に合理という字が入っていることにさえ、時には気を悪くするかも知れない。余り「ゆえに」「信ず」わけには行かぬことを大東亜戦争以後見すぎたような気がする。それ以前は詩にこっていて一向に世間のことが目に入らず、何も考えなかったかのようだ。

わたしは戦後、あらゆる政治運動、文学運動に参加しなかった。レジスタンスということが盛んに人を熱狂させ、アンガージュマンということが流行語になったころも、腰は上らなかった。華中、華南を転戦していた折、そこらの農民をむりに連れて来て荷を運ばせるのだったが、よく彼らは監視の兵隊のすきを見て逃亡した。しかし、逃亡する際に、十分それは出来る筈なのに、小銃なり拳銃なり（これは一人の場合）、機関銃なり（これは集団で逃亡する場合）奪って行くということをしなかった。又、馬を盗んで逃げた例も知らない。ただ一つ、江西省でだったか、苦力《クーリー》（徴発農民）をよそおって行軍中の兵隊に近づき、ちょっと拝見といった調子で小銃を手にして逃げてしまった中国人がいた。これは或いはそのあたりに残っていた中共軍くずれの男であったかも知れない。そうしたことが、どうも日本においてレジスタンスが占領米軍に対して行われそうな勇ましい言説に対して、わたしを冷淡にさせたもののようだ。わたしはレジスタンスが行われるような気がしなかったが、インテリの間ではそうした勇ましい話が多かった時期がある。共産党が山村工作隊を作ったころのことだろう。華中、華南のひろいところを歩き廻って来て見たところから判断して、山村工作隊など成功する訳がないとわたしは思った。日本は狭すぎるし、日本人は中国人より信義の点で信用しかねると思っていた。「レジスタンスなどいっても、それがはじまるのにも、もっと日本人の血が流されなくてはなあ。それも自分の仲の良い友人や、肉身の血がねえ」といって、鶴見俊輔に目を丸くされたことがある。鶴見は、「あなたは恐ろしいことをいう」といったが、レジスタンスを言うのすら本当は恐ろしいことだと思う。言うだけでやらないのなら恐ろしくもないことだが、日本では言うだけなら大して恐ろしいことではないことに戦後はなってしまった。そういう状況の中では、今の中国文化大革命で、文学者がその言説でつるし上げられることが不思議に見えるのだろう。言うことは行うことと同じと見ている点で、逆に中国の方が文化を重く見ているという考え方も出来るのだろう。日本でも徳川時代にはそのようなことがいくつでもあった。落語家さえがやられた。そうしたヒリヒリしたところが欠けている最近の戦後は余りいい時代のような感じがしない。だが、いい時代などというものはそうあるわけがなさそうにも思える。

　戦争で華中、華南を歩いて、わたしは中国の広さと自然の美しさにおどろき、兵卒の生活から一種の巧まぬ忍耐をおぼえ、また中国の自然と、苦力として連れてこられた農民たちとから、中国の人間の底にあるのは徹底したニヒリズムで、それが彼らを生かせているのではあるまいかということを感じた。これらのことはつらい行軍つづきでわたしの体と精神がいつの間にか変化したように、わたしの精神の中にゆるゆる浸みこんで来てしまったような気がする。中国で禅宗が盛んになったことは、中国の底にずっと存在しているニヒリズムと仏教との結合、仏教へのニヒリズムの浸透といった方がいいかも知れぬが、そういう風に思われる。毛沢東の思想の底にも、そのようなニヒリズムが存在しているのではあるまいか。秘密結社が完全に成立する信義の底にも、まず、徹底したニヒリズムがあるのではあるまいか。日本はまだそうしたニヒリズムに到達するには随分つらい目を重ねる必要がある気がするが、今はおそらくその逆の方向へぬくぬく向いているのであろう。

敗戦を知ったのは昭和二十年八月十六日であった。

（ここまで書いて、中共の水爆実験を知った。「わたしの戦後」などという文章を書いているのが幾分滑稽でもあるような気がするが、まあつづけて書いてみよう。）

敗戦を一日おくれで知ったのはどういう理由であるか判らぬが、睨み合っていた国府軍の方は八月十五日にそれを知っていて、わざわざ知らせてよこし、無条件降伏なのだから武装解除するといって来た。勿論、こちらはそれに取り合う筈はなく、一日おくれで敗戦のことを知っても、武装解除には応じなかった。解除出来るならやって見ろという態度で、また国府軍にはそれが出来る訳はなかった。そして武装したままの状態で、もう戦闘は行われず、その翌年までわたしたちの部隊は武装したままで国府軍の地区や、新四軍（中共軍）の地区を行軍して上海の方へ向って行ったわけだった。その点、国内で連日爆撃を受け、原爆も受けた人たちと敗戦ということから得た感じは大いに異っている。わたしは飛行機の銃撃は知っているけれど、爆撃は知らない。ということは徹底的に打ちのめされた敗戦を知らないということである。これはたしかに「わたしの戦後」に影響している。敗れたことの解放感を余り知らぬということだ。

　と共に、戦場で、泥の中に横倒しになり辛うじて腹をうごかせていることでまだ生きていることが判るといった軍馬の群をみたり、敵兵の死体が服の中で、服一杯にふくれ上って浮んでいる池の水で炊事をしたり、水車の廻る水の中で新鮮な敵兵の死体の頭の毛がゆらゆらとゆれているのを見たり、つい先刻の戦闘で死んだ敵兵のこれも匂いも立たぬほど新鮮な死体が薪を積むように積み上げられている傍を通ったりしたために、わたしのこころは冷々としたままで日本に帰って来て、余り怒りの感情が起らず、時にはおれはもう一生怒れないのではないかと、冷々《ひえびえ》するような不安を少々抱いたりした。相当以上に無感動であって、復員して自分の家族が全員無事であったことに何か奇妙な失望（？）を覚えたことを記憶している。また、わたしの持物もほとんど無事であったが、このことにも妙な失望があり、出征する半年位前に結婚した女房が、さっさと離婚を（敗戦後）すませていなくなっていることにも、ああそうかといった感じしかなかった。

わたしが帰った時にはアメリカ軍による日本政府や軍部の悪の内幕のバクロ放送も大体終っていたのであった気がする。戦争犯罪の裁判についても余り激動する気分はなかった。戦争中からそれが気障ったらしくて嫌っていたから東条英機が死刑にされても何ということもなかった。ただ、天皇が裁判から除外されていることに大変不思議な感じをいだき、戦争に敗れても天皇家が存在することを不審に思った。しかし、それに対しても大いに憤激したりするようなこともなかった。つまりは辛抱になれていたのであり、人間世界の生み出して来るいろいろな現象を、まるで自然現象みたいに感じていたわけであろう。人間が主張し、行動し、生み出すことに対して、相当根づよい疑惑と不信頼の念がすでに出来上っていたかのようであった。

復員してすぐ伊東静雄に会いに行って見ると、軍人の折目正しさなどを説いて感激したり、保田与重郎の偉大さをわたしに説きつけてばかりいた彼が、わたしの軍服を大へん厭がり、戦争に敗けて平和が来たのでほっとしたといい、戦争中右翼的なことを強く主張し指導者面をしていた連中が、今は早、アメリカ仕込の民主主義の指導者面をしていることに対する不快感をわたしが述べると、人間はそれでいいのですよ、共産主義がさかんな時は共産主義化し、右翼がさかんな時は右翼化し、民主主義が栄えてくれば民主主義になるのが本当の庶民というもので、それだからいいのですと、わたしの軍服姿を戦争中のいやな軍部の亡霊を見たように不快がってわたしを愕《おどろ》かせた。

　また戦争中、神国思想に熱中していた身近な友人がいつの間にか、神国思想以前そうだったコンミュニズムに再び近づいていって、いつの間にか共産党に入党して行ったことにもわたしは愕いた。

　思想と人間の結びつきについて、それ以後、わたしが疑いの目を捨て得ないようなことばかり、現在に至るまでつづいているような気がする。熱烈に何かの思想をとき、しかもその運動の先頭を派手な姿で走って行く人間をみる時、どうもわたしは不審と疑惑の念を抱かずにはおれない。大東亜戦争のはじまりのころから、戦中、戦後を通じて、そのような先頭人種の怪しさをつくづく感じさされたと思う。それは先頭人種であり、このごろ思いついた言葉だが、強力なものへのベンチャラ（お世辞）人種であると思う。明治百年がやかましく言われ出してから、あらゆる新聞にこの先頭人種、ベンチャラ人種がうごめきはじめて、どうも大東亜戦争のはじまりの頃のあたりにまで一めぐりして来ているようなキナ臭さを感じてならない。

　勇まし気な奴が最も女々しい奴であり、立派なことを喋りちらす奴が最も不立派な奴であることを一わたり知り得たことが敗戦後のありがたさであったかも知れない。日本人はことにそういうところが濃厚にあるが、勇ましがりやの方向へますます進んで行きつつあるアメリカ人も、段々日本人に似て来るかのようだ。ヴェトナム戦争へ従軍したスタインベックの記事の愚かな勇まし振りは何ともあわれで顔をそむけたくなる。ヴェトナムにおいて、体が貧弱でなよなよしているヴェトナム人の方が、大きい体のがっちりしているアメリカ人より、ずっと、普通いう意味での本当の男らしさがあるようだ。

　考えてみると、わたしの戦後は、わたしの行動をせまくし、鈍重にし、まるで坐りこんでしまっているような形になりつつあるもののようだ。政治を信頼せず、思想を信頼せず、宗教を信頼せず、人間を信頼せず、自分も信頼せず、そしてその裏側にペッタリとその逆のものがくっついているのではないかと自分自身が疑われてくるような面もある。

　敗戦後、わたしはそれまで多くよんでいたフランス文学から、アメリカ文学を多くよむようになり、アメリカ文学に出て来る人間はどうもフランス文学に出て来る人間より、背が高いみたいに見える（肉体的にである）ということを感じ、次にイギリス文学をよみはじめ、その一種の鈍重さ、一種不透明なところに魅せられた。うまく言えるとは思えないが、思想の電気の良導体みたいなものから、ところどころ電気を通さぬところのあるような不純度の高いごろりとしたものに魅力を感じるようになって来たといってもいい。その点、日本の小説はことに具合が悪いような気がしてならぬというのも、わたしの一つの戦後なのだろう。通じのいい物語ばかりがある。あるいは一般であるというような気がする。ごつごつしたもの、硬いもの、厄介なもの、ザラザラしたものにわたしはますますあこがれて行くもののようだ。ベンチャラ精神の、サーヴィス精神の産物にわたしは疲れを感じる。今や日本はベンチャラ時代、サーヴィス時代としか思えぬから、時には日本の文化の公害を周囲から受けているような気がしないでもない。一体どうなるのだろう。わたしは最近になればなる程、日本の戦後と反《そ》りが合わぬ感じがする。

　戦後の最初のころの或る時期、自分がこの世に不満もなく、それかといって感心するところも一つもなく、プラスマイナスゼロでこのまま生きていたら、ふわふわと空中にちって行くのではないかと思われることがあった。わたしは戦争に行っていたころの体験が戦後にはものを考える基礎になっていたから、これは将校のように結構すぎる状態で、そのゆえにわが身のためにはならないなと感じた。歩兵の行軍の場合、将校は自分の荷物を自分が背負うということをしなくて、当番兵にかつがせた。当番兵は自分のものと、将校のものと二人分かついで歩く。将校は拳銃、水筒、軍刀、鉄兜ぐらいが荷物である。しかし、長々と行軍すると、当番兵は二人分の荷物を負い、その上小銃、弾丸などもっていて、しかも元気に行軍をつづけ、バテるのは必ず将校の方であった。どういうわけか、将校の方が大体体が大きく、当番兵は小さかったがそれでもそうであった。重い荷をもっている者がバテず、身軽な者がバテるとは皮肉すぎるが、これは事実であるから仕方がない。これを二年間観察して、わたしは荷があればこそバテないので、身軽だからこそバテるのだという風に考えるようになった。その理由はといわれると困るが、これは観察による一種の信念のようなものになっている。将校のやることを見ていると、行軍のはじめは、軍刀の束《つか》に左手をあて、戦国の武将みたいに軍刀をピンと水平にたもち、中々勇ましい。そのうちに手がつかれて束をおさえるのを止すと、軍刀の鞘が左ももの外側をうつ、下手をすると鞘の先の方が右脚と左脚の間に入って脚をはらってころがりそうになる。将校はそこで、軍刀を帯から外して、肩に天秤棒のようにかついでみる。やがてそれにも疲れて、軍刀を少年苦力にかつがせるのに終るが、そのころ身軽な彼の足裏は、二人分荷《にな》っている当番兵の足裏以上に痛み出し、やおらチンバをひきはじめて、はなはだ不機嫌になってくるのだ。そういう風になってはたまらぬ。それではどうするか。荷をかつぐことだ。ところで荷とは何か。妻子をもってそれに飯を食わせることだ。こうしてわたしは戦後また結婚した。

　しかし、妻子という荷は兵卒の荷とちがって、年々歳々重くなって来るということをわたしは忘れていたらしい。わたしはおおむね新聞に雑文を書いて暮らして来た。（小島輝正が、わたしの短篇集「あなたはわたし」の書評の枕に「富士正晴の小説を、いつの間にか私はほとんどみな読んでしまっているようだ。戦後文学の、関西における一箇独自の山系であるそれらの作品は、私が推察するには、これまで彼にはほとんど収入をもたらしていない」と書いているのを読んで、わたしはその時ふき出したが、正しく事実はそのようであるらしい。）

年々歳々、子供らはふえ、そして大きくなり、何かにつけて暮らしという荷は重くなりまさって行く（物価が高くなることがそれに拍車をかける）にもかかわらず、新聞の原稿料というものは不思議にも何年たとうと一向に値上りしないものらしく、大阪や京都から交通費のかさむ田舎に住んでいるわたしは、いつの間にか大変な出不精の癖がついており、ここ十年余り、この出不精で一向に門を出ず、ジカに世間の波風と接触していないということが、わたしの最近の戦後に決定的な一つの性格を与えてしまっているようである。このことは迂闊にも、この文章を書いているうちに気がついて来たことだ。つまり、わたしの戦後は実入りがひどく少なかったために、積極策ではなく消極策で乗り切ることが多く、新しい現実を買いとることが出来ず、古い現実の補修で間に合わせていることが多かった。そしてそれがわたしの性格にはなはだ似つかわしいことになってしまったかのようだということである。このことは「雑談屋」という解体的傾向をもった小説に数年前書いたが、わたしは、新聞（これは四大紙みな入っている。倹約したいと思うが配達人と顔見知りになったため、彼らの失望の顔を思うと今更ことわれない、それがその小説を書いたころの事情で、昨年からは主として中国文化革命の記事を各社がそれぞれ特派員や記者を中国へやって書かせている関係からも、もう今は倹約の気がなくなっている、そしてせっせと切抜きをやっているが、何のためかはっきり自分でも知らない）とテレビとで社会、世界と接触しているだけだという変にきゅうくつなことになっている。しかし、それで結構わたしは退屈しないでいる。そして時々、若い友人がわたしを訪ねてくれるのが、これがわたしの気晴らしであるという珍な暮らしだ。これは雑文書きとして余りいい条件でなく、段々注文がへってくるのではないかという気が少しはする。事実、気がするどころではなくそうなっているようだ。又、これは世界博の影響で金が動き出したせいか、立派な体裁の月刊雑誌を出しながら、一向に原稿料仕払いに良心的でない雑誌社が関西に次々に出て来て、わが環境はますます不愉快になりつつある。

が、その中で、どうにもそれが骨身にしみぬようなところがわたしにはあって、それはずっと、わたしの戦後のはじめよりその傾向があって、ただ濃厚になりまさっているのではないかという気もする。

十数年前、花田清輝は岡本太郎の例をひいて、わたしにもそのように世間に向って積極的になるように鼓舞激励したが、わたしは一向に気のりしなかった。そのように進取の気性を示さないわたしを、同じくじれったく思ったのかも知れないが、数年前、桑原武夫は何かの話のついでに、君は革命以前の中国の自然主義みたいなものだと、奇妙なレッテルを貼りつけた。つまり、革命のごとき激動は好かんだろうということだろう。そういえばわたしは派手なこと、人前に出ることは余り好きではなく、ケンコン一テキなどというような行動も好きではない。スピード狂などには絶対なれないし、麻薬中毒になる傾向もなく、競輪競馬はやれず、人に打撃を与える行動をすかず、旅行を好まず、ダンスを好まず、支配することを好まず、支配されることを好まず――まあいえば、まことに金のなさそうな書斎派というところがわたしの姿ではないだろうか。

　もはや戦後ではない、いや戦後はまだつづいている、明治百年であるのか、それとも戦後二十何年であるのか、といった風の決めつけにはわたしは割合不感症のようであって、つまるところ現代感覚とか、時代感覚とかにおいて大変敏感ならざるところがあるのだろう。わたしはデモに行ったことがない。デモの効果というものについて疑いをもっているのかも知れず、的確な効果のないデモは逆効果だと思っているのかも知れず、ただ不精なのかも知れず、会場まで行く交通費にめぐまれていないのかも知れず、人間の集団行動に狂気めいたものを多く感じるのかも知れず、派手な口舌の徒にあきあきして冷淡極まっているのかも知れず、大仰にいえば、どっちの方からの政治もおれの知ったことかと、中国の鼓腹撃ジョウ（文字忘れた）派みたいなニヒリズム楽天主義がわたしの身上であるのかも知れない。

しかし、戦後になってわたしの友人知人が多く外国へ出て行き、帰って来るようになった。戦争で中国へ行って、はじめて、中国という国があり、中国人という人間があることを知ったようにジカには判らないが、そうして外国で住み、そして帰って来た知人友人の顔を見に行って、一言二言喋って、やはりアメリカという国があるなと感じ、ロシアという国があるなと感じるというようなことをわたしはする。あほらしい言い草か知れないが、外国は戦後になってわたしの中に次から次から十分の一位ジカなものとして出て来はじめたといえるだろう。戦争中の「鬼畜米英」というのは、直接アメリカ兵と顔つき合わさなかったので、一向に実感がわかなかった。しかし、中国へ行った兵隊の或る者は、どうも中国人は日本人とよく似ているので戦争するのに余り気乗りしない、これがアメリカ相手やったらなあ、もっと気乗りするのにと嘆じた。嘆じて見ても、当のアメリカ兵が出て来ないのでは仕方がない。

山本夏彦の説によると、外国へ行って住んだところで、そこへ金を使いにいっただけの人間に何が判るか、そこで生活費をかせいで生活した人間でないと、そこの人間が判りっこないのだそうだが、外国行きのわたしの知人友人は、金を使いに行ったり、お客に行ったりしている人が多いようで、その外国帰りの顔を見に行って、十分の一位ジカなものなどいっているわたしは全くバカバカしいだろう。

だが、テレビの中からも外国が出て来て、このごろは、それぞれの国の若者としよりの顔が幾分見わけがつくようになって来たから、幾分テレビ越しにジカの十分の一か百分の一ぐらい感じているのかも知れない。そしてそのジカの十分の一か百分の一で、外国人というのはどうも気の知れぬ、そして、どこか胸臭《むなくそ》の悪いような、どこまで行っても、わたしには判らぬようなところがあるということを、これは相当ジカに感じはじめた。わたしの最近の戦後はこうして外国時代を迎えはじめ、新聞とテレビの組合せから、それこそ書斎派の綜合的外国が組立って行きつつあるということが出来そうである。残念なことにわたしは外国語が出来ないので、いろいろな国の本をよむことが出来ないが、テレビで聞くいろいろな国の言葉の声音から、この言葉の声音からはきっとこんな発想法になるのではあるまいかなど考えたり、この声音の国の言葉を、日本語に反訳すると、この位事がずれて来るのではあるまいかなどということを考えたりしている。中国の大字報の文章の反訳に時々、消化の悪いようなのが出て来るが、中国語のあの声音とその内容を組み合わせて想像すると、全く軽く消化出来ることがある。京都弁が日本の標準語になっていたら、大東亜戦争というようなバカなものは起らなかっただろうというような奇妙な考え方も案外いいところがあるのかも知れない。

わたしは冗談をいっているのではない。真面目にそんなことを考えているのである。五十歳をすぎてようやく、外国や外国人や、耳が出て来た、それがわたしの戦後だとは、全くのろまな話だが、それはわたしののろまな成長のテンポがそうさすので仕方がない。

仕方がないという言葉が出て来てみれば、おれはこうなのだから仕方がないとか、それは出来ないのだから仕方がない、といった泰然自若と腰を下した（というよりわたしには腰が抜けたという風に反省される）状態で、何やかやと頭で決着のつかぬことを、随所随所で寄り道しながら考えているのがわたしの戦後というものであるらしい。うまい話をきくと、そうはうまく行くもんかいと思う。そして、日本ではいつもうまい話と、べんちゃら話がはばをきかせ、それを宣伝している本人がいつの間にかのぼせ上って自分でそれを信じ切っており、一、二年たったら狐がおちたようにぽかんとしているが、又、しばらくすると何かにのぼせ上っているという状況が、倦むことなく戦後二十数年つづいており、これからも尚つづきそうだ。あるいは、日本という国の一生はそんなことではあるまいかという気もしないでもない。こっちはそんな狐つきと一緒に走り廻るには血が冷えているか、足の裏がうずいているか、腰が抜けているか、そのどれかか、それらの結合しているかなのだという風に思われる。

四千人ほどの住民の南の島に、九つか十の階級があって、ひどい差別が行われている記事を読んだり、牛を食わぬので牛がうろうろ街をうろついているインドの記事をよんだり、イスラエルとアラブの、宗教さえなければ何とかなりそうな永遠につづきそうな争いの記事を読んだりしていると、無宗教的なわたしには宗教が諸悪の根源だという風なことが思われてならない。どの民族も、それが成り立って来た背後にどうしてその国民臭い宗教を作り上げ（それは人間の立派さだが）そしてその宗教が世界一であると思いこまなくてはやり切れない（それは人間の変な片意地な子供っぽいところだろう）のだろうか。それはそれらの民族の声音とどういう関係があるのだろうか。そんなことをきりもなく考えて、新聞を切り、テレビを見、池の蛙の面も眺めるというのが、今ぎりぎりのわたしの戦後である。わたしも、どちらさまも、どうにもならんのだ。

十年の恐怖

思うことにも色々あって、道徳ということを考えねばならない羽目になった。あいにくなことに、わたしは道徳家でも、道学者でもない。それにこの十年余り外出しないで来た。それで世間への直接の体験や観察がない。世間は新聞とテレビを通じて眺めているだけである。それと訪問客の話を通じて想像しているだけだ。

道徳とはいわゆる日常性の骨組みみたいなものだから、日常性からとび出せと呼号している向きには、破壊すべき仕組みだろう。だから、大学騒動の中には余り道徳は存在していないごとくである。政治というものは、右であろうと、左であろうと、反道徳的なものを含んでいる。政治というものは、はなはだ理解し易い単純なものだから、道徳というようにゆっくり熟して行くようなものは、ジレッたくてたまらんであろう。政治的時代には道徳ははやらない。はやるのは性交のごときものである。戦争時代と同じことだ。高校生の政治活動を禁止してもはじまらない。性事活動をもである。どちらも御粗末単純な頭にも容易に理解可能なのである。人間の行いとして、非常に低次元のものなのであろう。

　この十年は政治運動にはじまって政治運動に終わったという十年のようである。道徳のごとくキメ細かいものは破壊されることはあっても、仕上がって行くわけはない。山の進路標示を逆にしておくというような、ツマラヌしかし重大な結果が起るイタズラをついやってしまうような、未成熟な人間がウヨウヨと出て来る。世の中が騒がしくて、なかなか大人になりにくいような十年であったし、これはまだつづくだろう。受ける教育の程度は上がったが、その上がった分だけ道徳的には劣等化したようなところが見える。教育によって成熟するどころか、逆にガキのまま発達がとまったようなところがある。

　この十年はまた、経済的に繁栄して来て、大体みなが金を持ち、テレビを持ち、自動車を持ち、全員高校入学から全員大学入学というあたりまで来て、大学破壊というはなはだ妙なところへ来た。食物がよくなり、暮しがよくなり、教育程度が上がり、連れ込みホテルがやたらにふえた。政治を思い、性事を思い、金金金ということを思い、結局は金金金となった。金金金だからみな大学へ行きたがっているだけで、学問したいなど思っているのはごく一部の者であろうと思われる。とにかく、大いに繁栄し、大いに金金金の欲に駆り立てられ、現世的欲望の奴隷になってしまったことに気がつかない。

　恒産なければ恒心なしと古人は説いたが、同時に、恒産やたらにありすぎては、よほどしっかりした人間でないと恒心が徐々に腐敗して行くことを西郷隆盛などは知っていた。だから子孫のために美田を買わずといった。ところが今の人間は子孫のためにせっせせっせと美田を買ってあてがっている。子孫の大方が腐敗せぬはずがない。従って、道徳というような微妙なものは真っ先にやられてしまったようだ。残ったのはガリガリの利己心と、未成熟な栄養満点児、無責任野郎共のようである。

　インテリがふえすぎると、この世に騒動がおき、国はために亡びるとも、経済的に余りに豊かになりすぎると国民の性根はわやになり国は亡びるとも、内藤湖南が中国の昔の国の例をあげて書いておった。まことに今の日本にぴったり来て、はなはだ不気味である。どちらの場合も、まず道徳が力を失って行っているようだ。

　動物園へ見物に行って、動物をいじめたり、殺したりする大人が随分ふえて閉口することを、神戸の動物園の人が書いていた。愛するとか、慈しむとかいう高級な心情が姿を消しかけている証拠であろう。愛するとは性交すること位に思っているのだろう。日本人は子供を愛する民族であるなどとの説は、現在の日本人には通用しないように思われる。子供をあんなに自動車で殺し、せまい児童公園へおしこめ、やたらに勉強をおしつけ、出来もせぬ子に高校はおろか大学行きまで強制する大人を、子供を本当に愛しているなどとはいいにくい。わが身の都合だけのことではないか。そんな目にあった子供らが大学であばれ廻っていることには、たしかに同情すべき点がある。しかし、この親にしてこの子ありといった面もたしかに多くあって、同情ばかりもしておれない。彼らの心の底に、無意識ながら、大学さえなくなれば、大学へ行かんとすむという考えがあるような気さえする。もっともらしい理論をこねているが、煮つめればそのようなところがないだろうか。わたしは大の学校ぎらいだったから、そのころの自分の心情に照らして、そのように思う。

あばれはじめては道徳もクソもあるまい。だから、通りかかった人の大八車をその必要もないのに、焼きすてて快哉を叫べるわけである。大八車の人もあわれだが、そんなことをしている大学生の方が、本質的に、それこそあまり使いたい言葉でないがトータルに悲惨である。

自動車に乗ることによって高慢になり、テレビを見ることによって欲望過多になり、収入の多くなることによって容易に欲望を満たされすぎて却って生き甲斐の感じが稀薄になる。こういうことは、道徳をかもし出す条件にはなりそうもない。何たる不幸せな方向にわが国は向いているのかと嘆息したくなるが、嘆息ついてすみそうなことでもなさそうである。

あるいはわたしという男の考え方は性急すぎて、おまけに厭世的すぎるのかも知れない。それは今までの道徳は弱小となって来たかも知れないけど、それにかわる新しい道徳が若い者の中から芽生え、成長しつつあるかも知れないよ、とひとは言うかも知れない。言われればそうかも知れないと思うだろうけれど、大してわたしはそれを信じないだろうと思う。

とにかくこの十年の間に、道徳の存在し、生きて行く条件は非常に悪くなりつつあるという感じしかわたしにはない。自動車、テレビ、金、ついでに高等教育まで入れるか、そうしたものはそれ以前のわたしたちの歴史にはほぼ存在しなかった。そしてそれが一時にわたしたちの周囲をとりかこんでしまい、わたしたちの肉体の中にも精神の中にもまぎれこみ、生活をやたらに忙しくし、繁雑にし、いわばわたしたちは暴走に近いあたりにまで生活のスピードをあげざるを得ず、また人間同士の間の間隔を危険なほど狭くして来てしまっている。しかもこれにブレーキをかけるものは、政治にも、教育にも、企業にも、家庭生活にもほぼ乏しくなって来ている。空間は汚れ、時間はひどくコマ切れになり、質量として稀薄になっているように思われる。やはり、わたしはこの十年に恐怖をおぼえており、わたし自身の態度としては腰をぬかして、傾いた小家の中に植物人間のように坐りこみ、いささか道徳がその中で生きのびているかも知れない人間としかつき合っていないのである。

冴えぬ話

このごろ思うこと

実をいうと、このごろ余りものを思わぬことにしている。自力でどうにもならぬことにアクセクものを思って一喜一憂してみたって、身心に害はあっても益はない。若いころなら大いに一喜一憂することが、何かの発火点になり、人間としての成長にも大いに役立ったのだが、老人になってくると、もう一喜一憂は、自分を鍛えるより、自分を破壊するようなことになる。もっとも、老人になるということには個人差があって羽仁五郎というような人は年齢的に老人であっても、言動には少年みたいなところが見かけられるから、年齢だけで論ずることはできまい。しかし、わたしは羽仁五郎より随分年齢的には若いわたし自身を老人になったと見なしている。自分でそう見なしている以上、わたしは老人である。

老人の一喜一憂は度をすごせば身心を害するといっても、長生きの術として身心の害を避けているわけでもない。桑原隲蔵《じつぞう》が、それをすれば長生するなどといわれると、それまでやっていたことでも止めてしまったというエピソードはわたしに大変意味深く思われる。人間どうして無駄に長生きすることに努力しなければならないのかよく判らぬ。天然自然にしていて寿命がつきれば死ぬのがよいので、いたずらに寿命をのばそうという老人医学にわたしは明らかに反感をもっているようである。

したいことがないわけではない。したいことは幾らでもある。だが、それを全部やってのけてでなければ死んでならぬと、自分に義務づけることは真平である。

夏目漱石はふところ手して小さくなって生きていることが本当の望みであったという。この気持は何となくよく判る。世の中がうるさくてたまらない。何もかも多すぎて、何もかもつまらない気がする。耳目をふさいで、ふところ手して、どっかの片隅に、余り世間にわずらわされず小さくなって自分のしたいことだけしているというのがわたしの理想で、世間に向って演舌や発言を余りしたくはない。

そんなとき、読む本も内藤湖南とか、狩野直喜とか、桑原隲蔵とかそうしたシナ学者の実証的なものが心にかなうようだ。

この時代は大学生がふえたため世の中が騒がしくなったとか、この時代は戦争をやらなかったため戦費がいらなくなり国は繁栄し、国民はぜいたくを覚え、そのためにやがて滅亡したとか、いろいろの中国の国々の古い話をよんでいると、何かしら心が落ち着くような気がする。

アホクサ

この世に腹が立つか、それとも立たぬか、または腹立ててみてもどうにもならん、仕方がないと、あきらめているか。どうなんですかという質問を受ける。

二十数年前、敗戦の次の年、大陸から復員して来たが、しばらくたって気がつくと、わたしが一向に腹を立てなくなっていて、おれは腹を立てる機能をなくしてしまったのではあるまいかと不安になったことがある。だが、これは大陸での兵隊生活から尾をひいている気分が、敗戦後の日本に感動しにくくなっていたためらしく、何か月かして日本になれてくると、ちゃんと腹が立つようになって来た。何かと世間万般のことに腹を立て、腹の立てようも強烈であったのかも知れない。新聞記者の友人が、君が腹を立てなくなったら、君の値打ちはなくなるよと、妙なことをいったことがある。批判精神が尖っている内が花だということとなのだろう。

もう花の時代はすぎたのだろう、わたしはこのごろ腹が立ちにくくなっている。昔なら腹を立てた事柄を、腹の中でセセラ笑っているようであるし、腹を立てた頃ほど、その事情にこだわらない。チラッと見てセセラ笑って、もうほかのことに目を向けている。これはまあ自衛手段のようなもので、本気に腹を立てると空中分解するおそれがあると、自分で思っている。中国の魯迅とか、今の日本の安田武みたいに、本気になって憤りに憤っているわけには（わたしの頭脳や肉体が耐えられないので）行かない。憤って立ち上がるかわりに、わたしはいわば腰を抜かしてしまっている。

腰を抜かしているから、出て行ってこの世の現実とかかわり合うということは少ない。それに人ごみに近よらないことを衛生法にしているので、従ってデモなどに参加したこともない。これは小学生のころから、すでに遠足、運動会、修学旅行など大きらいであったその性質がつづいているだけかも知れない。

セセラ笑うと書いたが、大いに悪意があったり、軽蔑している訳でもない。アホクサぐらいのところであろうか。例えば東京に二台しかそれを読みとる機械もないくせに、郵便番号を書け書けとすすめる役人たちをみていると、甘ったれるな、アホクサと思う。うんこをした尻をふいてくれとやってくる幼児みたいに甘ったれてやがるなと思う。一体、今の役人のやっていることなど、大方が甘ったれで、無責任極まることであるようだ。それに一々腹を立てていてはこっちの身がもてぬし、また、そんな時間と精力があるなら、それを自分の仕事に向けるか、または悠々と怠けに怠けている方がいい。怠け者のたかくりという言葉があるが、案外に怠け者は事の見切りがいいのである。見切りがよくて、出来ることか出来んことか、あらかじめ判断がつけば、泥沼みたいないざこざには手を出さない。

大体、万国博にせよ、学校騒動にせよ、アホクサと思えないことは少なくて、アホクサがこの世に充満しているように思われる。しかし、そのアホクサ事にいちいち取り合って腹を立てるのはわたしの任ではない。いちいち取り合って腹を立てている人はたくさんこの世に居って、平凡な理屈をこねて投書している。だから、腹を立てるのはその人たちにまかせて、こっちはなるべく腹立ての方はサボルことにしたい。カンカンになって怒ると血圧があがるだろうし、胃の具合も悪くなる。五十五歳ともなると、精神ならびに身体に相当ガタが来ている。年寄りの冷や水というのは、やはり感心しないだろう。

こうして、一日中、まあ余り機嫌の悪くない小さな初老人が出来上がっているわけで、この初老人ちかごろ、人の古手紙を読む仕事にかかっている。それで手一杯だから、なかなか天下国家社会一般のことを評論し、叱責するなどの余裕がない。まあなるようになるじゃろう。そうテキパキとものは片付かんぐらいのところで眺めている。決して世の中のことに興味を失ったわけではなく、むしろイヤラシイほど興味がある。ただ、正義感がカアカア燃え上がったりしないわけで、いってみれば、冷酷なイヤラシイ爺であるのかも知れない。冷酷な点は自分自身に対してもそうだから自分の失敗もまあセセラ笑って眺めているようなところがある。余り後悔しない。腹が立つ立たぬより、腹がごろんと横倒しになってござるといったところか。冴えぬ話である。

現代退屈の諸様相

この題は御仕着せであって、わたしが現代の退屈の諸様相なるものに通じているとか、はなはだ興味をもって研究しているとかいう訳ではない。といって、わたしが現代の退屈男の代表であると、編集者が思っている訳でもなかろう。すると、一体どういうことで、こんな難題が降りかかって来たのか。

毎日、背中に汗をかいて思案したり、判らんからウィスキーをガブのみしたりしているうちに、十日でも二十日でも、日というものはどんどんすぎて行って、思案するのがユウウツになって来た。

昨夜、このあたりは一晩中、雷雨がつづいてはなはだ賑やかでも爽やかでもあったが（雷が三つ数えるより少ない地点でとどろかなかったから尚更のことだ）読む本がないようになって、仕方ないから自分の最近かいたものの切り抜きを読んでみた。

なるほど、書いてあることが一々退屈そうであった。これでかなと思っていると、「退屈」という題の小説をそう遠くない過去に発表していることに気がついた。これでだなと納得いった。しかし「諸様相」とはこらどうじゃ。丸で学者みたいではないか。

しかし、退屈という文字はその読みから見ると、明らかに中国渡来のものである。そもそも、その意味は何なのか。わたしのこれまでの解釈では、退いて屈しておることで、ついでに、そのどうにもならん状況にある人間の状況、心情をも退屈ということになっていた。それでよかろうとは思うが、「現代退屈の諸様相」などぶっつけられると、「大漢和辞典」でも眺めて見ようかという気になるから奇妙なものだ。

雑誌や本をよんだり、原稿を書いたりする老眼鏡では辞典はよめない。即ち、人にもらった、もっと強度の老眼鏡とかけかえる。この方は、だが、辞典を読むのには便利だが、原稿書きの方には不便である。学者振るにはこのような不便さをしばらく辛抱せねばならん。

先ず退屈とは、案の定「しりぞき屈す」ことである。「しりぞき屈する」というのは、人事を尽さないでおいて、敵がやって来ると先ず自ら「しりぞき屈し」て、しかも運が悪かったから仕方ないと言いわけをいうといった感じで、ちと気分がわるい。次に、「和同而不㆑濁、退屈而不㆑陵」というのがあって、これは「しりぞき屈し」ているけれど意気衰えない、元気である、といった感じで、これは逆に、いっそ気分がよい。

次にあるのが、「あきはてる。何もすることがなくてひまで困る」という、われわれが普通にいう退屈に外ならない。

さて、これらの二通りの退屈のどちらとわたしが関係ありと見られているのか。二通りのどっちでもあるらしい。しかし、実をいうと後の方の「あきはてる。何もすることがなくてひまで困る」という方は割合わたしと縁が薄いのではないだろうか。「あきはてる」の方はまことにそうかも知れぬが、「何もすることがなくてひまで困る」の方は余りそのような気がしない。「何もすることがなくて」まではいいが、「ひまで困る」の方は、何か余り困っていないような気がしてならない。わたしが鈍感になってしまって、自分が「ひまで困っている」のに気がついていないのかも知れぬが、自覚するところでは余り困っていない気がする。読むものがなくなったら「ひまで困る」かも知れない。だが、それはまあある。

ではもう一つの方の「退屈」はどうか。これは全く、退いて屈しているというより外はない。

ここらあたりまで書いて来て、実はわたしは自分の書くことに「たいくつ」した。以下、普通に世にいう退屈のことを「たいくつ」と平仮名で書く。ヒッピーというようなものの風俗は「たいくつ」の所産であろうけれど、その底には多分「退屈」があって、その「退屈」の「進伸」の形式がきっと、あの無秩序のごとき、しかも制服的な「たいくつ」となって現われるのであろうなどという具合に行く。

「退屈」に対して「進伸」と書いたが、実はこんな珍妙な熟語を見たことはない気がする。しかし、あったって不思議ではなかろう。「たいくつ」という点からいえば、世界の多くの文明地帯において、「たいくつ」が一杯であるように思われる。しかし、最も大きそうな「たいくつ」は人間が宇宙から地球という球の全景を見た時からと、文明国の女共がミニスカートをはいて、男がそれを見た時からとにはじまるという気がしてならない。そういう事柄は、精神として「退屈」の方ではなくて「進伸」の方のことなのだろう。いわば、進歩発達積極的という次第だろう。地球の全景を見るというのと、ミニスカートの女を見るということは、何かしら似ていて、ばかばかしい。「たいくつ」な先の方が空おそろしいことに思われる。「たいくつ」がますばかりではないか。つまり、ははん、それだけのことかいと思うことに極まりそうな気がして仕方がない。少なくとも、わたしにおいてはそうであった。「地球は青かった」でも、「パンティは白かった」でも別にかまいはしない。けれど、地球の青の方は無心で、パンティの方は有心を包んでいるので、少々気味が悪い。新聞なんかで、ミニスカートが流行らなくなると、世の紳士方ががっかりするなどという論調でものを言っているのを見るとあほらしくなる。文明国で何故女がミニスカートになったか。簡単なことだ。女が匂わなくなったか、男がアカンようになったかだ。つまり文明という奴に身心共にやられつつあるということで、やがて、世界担当が白人文明国から、色つきの方へ（日本は半白人みたいである）移りつつあることの予徴かも知れない。「たいくつ」である。有限は「たいくつ」である。地球も女も、つまりはあれだけであったなあと思わせた点で「たいくつ」であった。人界の狭さを、いやおうなしに見さされたことによって「たいくつ」であった。限りあるものの中におるということによって「進伸」も涯が知れて「たいくつ」になった。「世界歴史」のごとく小さくなって「たいくつ」であった。

ここで「退屈」の方へ帰る。

幕末、官軍の大将として、甲州攻めをした土佐の侍に乾退助がいる。甲州攻めにあたって、戦略のために板垣退助と改める。何でも武田信玄の重臣の板垣なにがしの子孫であるからというわけであったことを、司馬遼太郎の小説で読んだ。進軍し、攻略して行く御大将の名前として、退助はいかがなものか。それがそれで構わぬのである。

昔三高でならった国文学の先生に島田退蔵という静かなくせに豪傑のような人がいた。

退助ではよくわからぬが、退蔵となると、むしろ進蔵というより深く大きいものがあるような感じがする。進は若く、退は古い。進は判りやすく、退は判りにくく、含蓄があるみたいである。有無でいえば、進は有であり、退は無である。

となると、進よりも退の方が、もっといい文字、言葉のような感じがしてこないものでもない。

屈の方は屈原しか思いつかぬ。広辞苑第二版を見ると、「中国、戦国時代の楚の人。憂国者・詩人。名は平、字は原。懐王・襄王をたすけたが、讒せられて江南に遷され、『懐沙賦』を作って汨羅（べきら）に投身。『楚辞』にその賦を収める（前三四三頃〜前二七七頃）」とある。この屈の文字、言葉も、伸にくらべて高級、奥ゆかしい感じがしないでもない。

すると「退屈」とは中々高級かつ奥ゆかしく、思慮深くも見えて来るが、しかし、断じて青年にふさわしい美徳みたいでない。青年は「退屈」していても、「臥《が》薪嘗胆《しんしょうたん》」して怒りのエネルギーをもやしていないと青年らしくないようである。すると、「退屈」とは老人の意固地の美徳（？）のごときものであろうか。「退屈」とは、この世のことから手を切り、意固地におのれのままでいることであり、ひょっとしたら、晩年の方丈にいる鴨長明などの生きざまが「退屈」というものかも知れぬ。彼は神官としての出世、歌人としての名誉ある地位、音楽家としてのそれから「退屈」して日野の外山にあり、他日そこからも「退屈」することのあるかも知れぬことをおもんばかって、あらかじめ車二輌で運べる四畳半の組立住宅を用意したのかも知れない。しかし、彼が世に「たいくつ」はしていなかったことはあの『方丈記』の冷徹とでもいった眼光からうかがえる。「退屈」している奴は、この世をその目で見ている、見てとっているようなところがある。そうなると、変な言い方になるが、見てとられるのが厭な奴から、殺される値打ちが万更ないでもないような気がする。おかしな値打ちがあるものだ。

　しかし、彼「退屈」者は殺される値打ちがあっても、むざと殺されてもつまらぬ。そこで、あの恐るべき酔っ払いの、難解の大詩人、竹林の七賢人の親玉の阮籍といったような人間が「退屈」の親玉、総本山のようにわたしの目には、今、見えて来はじめた。

　阮籍の生涯については、吉川幸次郎の著作が一冊ある。又、魯迅が阮籍に触れて書いていることも少しはある。今手許にそれらの本を即座にもって来て参照出来ないので、覚えていることだけでものをいうと、阮籍は時折車を駆って、偶然に車が乗ったその道をどこどこまでも行ったということだ。ところが、末が行きどまりになっている道というものもこの世にある。そういう行きどまりに当たると、彼は大いに哭《な》いてそれから帰って来たそうだ。この話がわたしは大好きであって、彼にいくつもある挿話、虫ぼしの日に、向いの親戚の家では空高々と美々しい衣服をひるがえしてほしたのに対して、彼はフンドシ（どんなものかよく判らんが）を空高々と吹き流させて、わが家の虫干しはこのようでござるといわんばかりにすましこんでいたという話や、彼を尊敬している甥が何でも彼《か》でも彼の真似をしようとすると、こんなのはわしらだけで結構じゃ、お前は普通にしておる方がいいと言ったことなどいくつもあるが、行きどまりで哭いて帰る話が一番好きで、わたしに勇気があるならいっちょう真似してみたい気がするが、そんなことしようとすれば夢に阮籍が出て来て、そんなことはわしらだけで結構じゃ、お前らうろうろ外へ出て、車にはねられてもつまらん、「退屈」しておれと、いわれるかもしれんから、実行はしていない。それに大いに哭くという技術は余りわたしにないから、哭けそうもない。そこでシクシクでは様になるまい。そのシクシクも実のところ技術がない。けれどこの行きどまりで哭する話はスケールが大きく、ゆったりしていて、「退屈」の大へんな肉太大振りのものという感じがする。事実、阮籍は一生「退屈」を守り、破れそうな危い時は大酒をのんでベロベロになり、「無責任状況」を大々的に製造した。俗人がまともにつき合えぬよう状況を作ったわけである。もっとも、彼は豪族であり、富も十分あったから、「退屈」も大振りにやれたのであろうが、又、豪族であり才智あり、大思想をかかえこんでいたから、大振りに「退屈」をやっていないと、一族みなごろしの目にあわぬでもなかった。何しろ古い頃の話だが、何かことあると一族みなごろしというのは、日本でもつい近々まであったことのように思われる。

短い雑文を書いて飯を食っているのがわたしのここ二十年ぐらいの生活なので、このあたりまで書いて来ると、つねの習性から、お話は終りという感じになって来る。読んだものは次々とすぐ忘れて、余り蓄積するところがないのは、わたしが学者でない証拠であろう。「現代退屈の諸様相」などとくると、「諸様相」が精神の胃にもたれる。「諸様相」など、学者さんの領分ではないのだろう。ブツブツ文句をつけて、自らを少しはげまして、何とか数枚をかせがねばならんが、つき合わされる読者の迷惑はこの上もないであろう。みんな、枚数を指定した編集者がわるいのである。そうではない。暑さでぼうっとした頭でうっかり引き受けた私の方がわるいようである。まったく憂き世である。

しかし、一向に「現代」というところが出て来ないではないかといわれそうだ。それならいえば、現代には「退屈」がどこにもちらばっているが、その最大のものの一つは、中国で、現在、劉少奇が味わっている「退屈」などであろうか。一向に情報がないから判らないが、その「退屈」は実にスケールの大きなものに想像される。その癖、一貴族、一豪族、一詩人にすぎぬ阮籍などのそれの方が、底抜けの気味悪さの点で比較にならぬように思われるのは何故であろうか。

　文化大革命をはじめる以前の毛沢東にもまた一大「退屈」の時期があったように思われるが、その中で革命などあたためている「退屈」などに、「たいくつ」はない。しかし、文化大革命以前に毛沢東が死んでいたとすると、「退屈」は「革命」にまで『進伸』することはなく、おそろしく大きな人目につかぬ「退屈」が、劉少奇のする絶大ケンラン真剣な追悼の演説、式典の底にポッカリ口を開いたままで、埋もれてしまって行った筈だ。

　このようなやり切れぬ「退屈」は西郷隆盛にも、木戸孝允にもあった筈で、それは明治新政府が成立してから後に、色濃くなって行った筈だ。これは何かちがっている、もうおれの出る幕ではない、おれはおれの中に引きこもっている方がいいという感じで、それは存在していただろう。新政府に参加する（あるいは組み入れられる）気など全然なかった坂本龍馬には、明治になってもおそらく「退屈」はなかったろう。「退屈」を必要とせぬ唯一の人物と思われるが、彼はそのような時を迎えぬうちに殺されてしまったので、まことに惜しい。彼の師匠である勝海舟は、これはどうやら「退屈」することの機敏さ天下一品で、ついでに「退屈」まぎらしの名人でもあったようだ。西郷は「退屈」していたのに、おそれられ、つつき出されて、後くされないように殺された。彼の大「退屈」をこそ政府が恐怖したのだろう。

「退屈」は行動停止の覚悟であり、行動放棄の態度であり、行動不能の状態でもある。だが、判断停止でもなく、観察放棄でもなく推理不能でもない。これが困った。

「考えるばかりで行動しない人間は病気になる」という。誰の言葉かは忘れた。勝海舟のような「退屈」まぎらしの名人のみが病気にならず、おれのところの女中にはみんな手がつけてあるよと親しい若者に自慢してみたり、家柄のいい女中の腹が大きくなってその親父さんに挨拶にこられると、年甲斐もなくとか何とかあっさりあやまり、いや、こちらとしましてはあなたの如き英雄の血がさずかりたくて娘をお手許へ上げた次第で、今回のことはまことに嬉しく、ありがたく、厚くお礼申し上げますと真面目に礼をいわれて閉口したりする。「おれを種馬あつかいにしやがるのさ、しかも大真面目なんだから、さすがのおれも挨拶に困ったもんだ」と言ったかどうか、それは知らない。

阮籍の親戚の家では底の浅い樽か桶かにドブロクをどっと入れて、人間も豚もそこに口をつけて一緒にすすっていたというが、これも心の病いをぶっとばす一方法であったのかも知れない。木戸孝允のようなマジメ人間は、憂々として、自然、生命がちぢんだらしく思われる。

ところで、と、これは余談めいてくるが、何かの文章に引用されていたR・デュボスという人の『健康という幻想』の一節に大へん心をひかれ、松田道雄にその本のことを聞くと、読んでもっているから貸してやるということで、送ってもらった。その時に、この本に退屈のことが書いてある一章があるよと念を押してくれた。「退屈」で手固ずっていることを、いつか電話でわたしが喋ったものと見える。

さっそくその「狂気から退屈まで」という章を読んでみたが、これはわたしの区分けで行くと「たいくつ」の方であった。

それによると、狂気のふえる原因は「古い習慣と伝統とが消え去って新しいものが現われる加速度にあるのだ」とあり、従って、「精神病は、文化が急速に変動している地域に、ずっと現われやすい」とある。そして「創造活動にほんとうに参加するという古代的な欲求を満足させる」ことが出来ぬ「この欲求不満は時に絶望感をおこすが、退屈感をおこすこともひじょうに多く、少なくとも、現代社会にひどく広がっている無気力をつくりあげた」ともある。絶望と退屈、というより、わたし流にゆけば「ぜつぼうとたいくつ」は隣り合わせの親戚であり、漢字の方の「絶望と退屈」はこの平仮名の「ぜつぼうとたいくつ」によって自分自身を破壊させせないようにする一つの決意ある態度のように思われる。

もう一つ余談をする。

司馬遼太郎の『花神』という連載小説の今夜の分を見ていたら、甚助、直蔵という二人の但馬の男が、自分らで旅費まで才覚し、桂小五郎の使として下関まで行くところがあるが、司馬にいわせると、但馬にはこうして追われている政治犯をかくまったり、世話したりする気質があり、司馬が興味をもったのに対して、宿の老主人が「但馬人間によくある型ですよ」と甚助、直蔵のことを、あっさり言ってのけ、「やはり、山国で退屈しているのですな」と笑ったとある。

このタイクツは「たいくつ」に相違はないが「小ばくちと旅をすることが何より好きで、その上、人に尽すということに非常な昂揚をおぼえるたち」とくっついているところが、訳は判らぬが、何となく面白い。

「たいくつ」が政治犯に入れあげるというところ、ヒッピーと反戦と革命とが団子みたいにからみあっている第一線級文明国の実情と、どっちから見てもよく似ていて、大して世の中はかわらんなあと「たいくつ」であるが、かわらんところが「たいくつ」でないと思えば思うことが出来る。

このあたりで話題もつきた。「現代退屈の諸様相」はいずこも同じで「たいくつ」であるとも思えるが、そう考えることこそ「たいくつ」な知見で、どうしてどうして、無数の変化、無数の本質、無数の事情、無数の進化があるぞ、「たいくつ」どころかと人にいわれれば、そうかと思う外ない。第一わたしは「退屈」しておって、ほとんど外にも出ぬのである。何が判るか。

お茶屋と下駄屋

学者とか、文学者とかいった人でなく、巷の人で、あなたが付き合っている人のことを記せと突然いって来る。

いって来られて、余りあわてない。高槻に一人、茨木に一人、そのような人がたしかにあるからである。双方とも一種の傑物だ。

高槻のはお茶屋さん、といっても祇園や先斗《ぽんと》町のお茶屋というのではなくて、茶を売って歩く人である。「歩く」というと語弊がある。彼は自動車に乗って、おとくいの所を回わって、茶を売るのが商売なのである。

しかし、彼の自動車は茶を売るためにのみあるとは、少々いいにくい。時に茶を売るためにあるといった方がいいかも知れぬ。

というのは、彼は大の釣りきちがいといったところがあり彼の自動車は釣り用にあるといってもいい。そういうと、彼の若い妻君は大いによろこび、彼の方はむくれるかも知れない。彼は相当の河川学者で、淀川及びその支流について随分くわしい。だから、彼は彼の自動車は彼の学術研究用でこそあれ、釣り用とはケシカランというかも知れん。河川学研究のついでに、川魚を釣るのである。いや、川魚の研究も河川学の一つの基礎的分野に外ならない。

彼はここのところ角倉了《すみのくらりょう》以《い》にひどくこって、保津峡の開通のために、角倉了以は火薬をつかって岩をくだいたか、それとも焚火をやってくだいたかと、ながい間、あれを読み、これを読み、あそこへ行き、ここへ行き「学問ちゅうもんは、ほんまに金がいりまんなあ」となげいている。

彼は河川学を時々、わたしに講義する。しかし、わたしは彼の川魚のつくだにの方がありがたい。これは名人芸で、女房には全然手をふれさせず、彼がつくる。

川魚のつくだ煮のみならず、外の料理にも彼は天才的なところがある。茶を売るより、料理を売れとわたしはいうが、「そんなら、資本出してくれはりますか」と彼は大きい歯を出して、意地悪そうに笑う。金のないことお見通しという顔である。

高槻に茶屋がおれば、茨木には下駄屋がおる。この下駄屋の若旦那（今は妻君をもらって、両親は隠居して、当主になっているが）は、しばしば、わたしをびっくりさせる。

そもそもの付合いのはじまりが、顔も知らぬのに突然手紙をよこして、清水の次郎長が坐っていた台場火鉢をもらってくれないかと言って来た。はて、茨木に清水の次郎長が居ったことがあるのかなと首をひねったが、これはつまり、映画や芝居やテレビの清水の次郎長が坐っているような長火鉢ということであるわいと悟った。

　しかし、見も知らぬ人から長火鉢を突如やろうといわれても困る。いらんというのも無愛想だ。仕方がないから、邪魔で邪魔で捨てたい位というのなら、もらってもいいと返事した。二、三日して、日が暮れてから、彼はその台場火鉢をやっこらしょとかついで来た。二人がかりでないと、動かせない位重いのにかかわらずである。

　彼は高知の競輪選手が作ろうとした、身体障害者の寮の建築の勤労奉仕に一夏行って来たり、店頭に古切手入れの箱をおいて、身体障害者のための奉仕に中々熱心である。ために、わたしは古切手を集める習慣がついた。

　彼も又、淀川がやたらに気になるところがあって、十三《じゅうそう》は十三ですやろ、そしたら一からずうっとあった筈やけど、などとやり出す。この問題はすでに解決ずみらしいというと、もう言わなくなったが、時折面倒な質問をしてわたしを悩ませる。

　茶屋からは時に茶を買い、下駄屋からは八つ割（八つ折れ）を十足ぐらいずつ買う。戦中、戦後に生まれた人はこれを知らない。だから、これをやると半ば狂喜のていになる。もっとも、下駄屋の方は、八つ割ばっかり買いこんで、先生、ちとおかしいのとちがうやろかと思っているかも知れない。

ケセラセラ――やせがまん

やせがまんとは何か。ものの本によると「無理に我慢して平気そうによそおうこと。やせが」とある。しからば我慢とは何か。「①自分を恃みたかぶって、他を軽んじること。高慢。②我意を張り他に従わぬこと。剛愎。③堪え忍ぶこと。忍耐。④入墨の異称」とある。では、やせとは何か。これは痩せて貧相なことか、高慢ちきなことか、剛情そうなことだろう。

ひとから見ると、どう見えるかは知らぬが、自分ではわたしは「やせがまん」の方ではなくて、むしろ「ケ・セラ・セラ」の方に思え、「無理に我慢して平気そうによそおう」などするより、「さっさとその場を立ち去る」ほうだと思われる。痩せているというよりはもっと円っこい方である。

だから、編集者に「飲みたいときに体の調子が悪くて飲めないというようなときの〝やせがまん〟の心境（これは例えばの話です）などについてお書き願えれば幸い」などと書いてこられても、体の調子が悪くて飲めない時は余り飲みたくはならんと答えるか、体の調子が悪くても飲みたければ飲めるよ、と答えるかより仕方がない。事実、飲みすぎて吐いたすぐ後で、酒が胃から出て胃が軽くなるとさっさと、も一度飲む時がある。これは「やせがまん」というよりは、胃とケンカしているか、からかっているかといった心境であってとても「やせがまん」といった心境ではない。

　暑いさかりに室にとじこもり、綿入れを着てストーブをつけて熱い酒をのんだり、寒い冬に戸をあけはなって、褌いっちょうになって扇風機にあたるなど、風流な「やせがまん」趣味は全くわたしにはない。いささかあるとすれば「忍耐」することだが、これは趣味趣向ではないから、ただの「がまん」でその頭に「やせ」がつくわけはない。

「やせがまん」する人には「やせがまん性格」が、きっとあるのだろうと思う。入墨のことをがまんというが、入墨をしたり、ヤイトの大きいのをすえたりするのは多分に「やせがまん性格」があるのだろう。つまり勇み肌がやせがまんにつながっているし、強情がやせがまん性格につながると思われる。

　本質的にはおよそ政治的資質がないくせに、やたらに政治づいて、政治につっぱしってしまう正義派的、正義の味方的人物の政治行動には、たしかに「やせがまん性格」が見られ、「やせがまん」の果には、あとで平静になったら、「おれはどうしてあんなことをあの時やったのだろう」と、こんどは「我が身の拙なさ」にサメザメなくか、「いや、わたしのしたことはあくまで正しかった」と、ヒステリーを起したりする。勇ましくやがて淋しき政治かな、となる。

「やせがまん」が派手になると人迷惑になるから、ヤイトの大小を争って、果には石川五右衛門に同情したりしている落語的やせがまんの方が明るくてよい。

「飯はくわねど高楊子」などというのは武士か江戸っ子の職人の「やせがまん」で、つまり、やたらに誇り高く、他人の目が気にかかる人は虚勢を張って「やせがまん」をいっちょう張らねば、自分自身がみじめになって気が滅入るだろう。

わたしのように、どうやら誇り低く、他人の思わくなどどうでもよいという気分のものにとっては「やせがまん」など面倒くさくて張れるものではない。

今はない軍隊でいえば、位が高くなればなる程「やせがまん」を張ったようだ。うそっぱちの大本営発表など「やせがまん」の本山で、竹槍さえあれば戦争に勝てるなどと国民に宣伝したのも「やせがまん」、上の方では「やせがまん」の張りどおしで下の方は「がまん」のしどおしであったわけだ。

どうやらわたしは軍隊の初年兵時代に、「やせがまん」などしてたまるかという精神をつくり上げたらしく、「やせがまん」して体をいためるよりは、ビンタをとられてその場をすませる「がまん」の方をえらんだ。こうなると体をつかってえらい目するのはビンタをとる偉い手さんの方で、ビンタは痛いか知れないが、体はくたびれないのであった。従って、わたしはやはり「ケセラセラ」の方で、「やせがまん」派ではない。全然「やせがまん」はしたくない。

「腹がへってもひもじゅうない」など全然いう気もない。「首がとんでも歩いてみせるわ」位は時にいいたいけれど。

本をもつことの楽しみ

わたしには体を動かしての慰安、旅、スポーツ、狩、釣、ドライブ、サイクリング、散歩、花作り、野菜作り、木登り、木切り、薪作り、煉瓦つみ、女あさりなどの一切がだめである。人と集ってやるマージャン、碁、将棋、花などみな駄目だし、やってみようとも思わない。芸事としての茶、花、書、画、その他、これも学ぼうという気がない。それなら物見遊山はどうかといえば、出かけて行かねばならぬから、映画、芝居、音楽会、展覧会、その他みな面倒である。とすると、残るところは読書とテレビとぐらいしか残らない。手料理をやって楽しむという趣味すらない。人間として面白くない種類に属する。われながら呆れ果てる。テレビも、外国の風景や、生物の生態などをみる位が面白い（時々、外国の映画や日本の映画を見るのが面白いこともあるが、ごくたまである）だけで、日本のホームドラマや、徳川政府はみな正しいといったチャンバラドラマ、警察は結局は正しく強いという推理ドラマも閉口である。若者はすべて美しいという、ショウ番組や、歌番組にも、どうにも付合いにくくなって来た。内容をとにかくいう必要もない。あっさりいえば、こっちが年老いたのであって、それだけのことである。

　となると、残るのは読書ばかりかと、大分前から覚悟して、ひたすら子供たちの成人、独立をねがい（独立してどこか外で生活をしてくれるようになると、そいつの室が空いて本をおくことが出来る）、本と雑誌（特に同人雑誌――これは内容の問題というよりは、みんなで足しない〔足りないではなく、もうぎりぎりといういみであろう〕金を出し合って作っているということからだが――）を、面白くあろうとなかろうと蓄積しておき、中国文化大革命関係の新聞、雑誌切り抜きを蓄積し、ついでに、他の新聞記事でも気になるのを切り抜いて蓄積し、それを老後（老というのは金を自分でかせいで、そのかせいだ金で衣食住をまかなわずともよくなった状況をいう、従って、年齢の老は来ても、状況の老はいつわたしに来るやらは判らない、何しろ日本文学全集といったものに三人同居といった巻にすら入ったことがなく、文庫本に一つとして加わったことがなく、ベストセラーに入ったことさえない、つまり文学者恩給が全くついていないのだ）の楽しみとして積み重ねているというのが実情である。

　幼い頃から、三年に一度ぐらい宿替するのが例であったのに、現在のところへ来て、四半世紀居すわっており、まだまだ居すわっていそうだが、四半世紀も積み重ねると、余り本や雑誌を買えなかったと思うのに、びっくりする位、本や雑誌がたまってしまった。積み重なった底から必要な本を発掘することが出来ず、あると判っていて二度買いしたのも時にはある。本の発掘や登書（図書ではない）は全くかなわないと、スチールの組立本棚を何回か買ったが、すぐそこに収容し切れぬようになり、本を畳の上に野積みする。その本の山がやがて邪魔になり、登書、降書をやらなくては本棚の本に到着出来なくなる。やがては本棚がふえて、本棚と本棚の間がせまくなり、本の背中が中々見にくくなる。目との距離が近くなりすぎるから、老眼鏡だけでは間に合わず、天眼鏡をその上に持ち出さねばならぬ仕儀となるのだが、そんなものを持ち出す必要もない位の絶望的状況で、つまりは体が本棚と本棚の間を自由に動けない。足許には本の山があり、谷があって、辷《すべ》りこけそうになる。

　ピカソという奴は金が出来ると、城みたいな部屋数の多い大邸宅を買い（城であったかも知れない）その一室の（といっても、わたしの家全体よりも広い一室であろう）大きいテーブルの上に（くどくいえば、わたしがこれを書いている四畳半よりも広い大テーブルである可能性がつよい）散歩の途中でひろってきた煉瓦のかけら、石ころ、針金、自動車からぬけおちた金属製の部品、太いゼンマイ、その他、大ていの人間なら拾って来はしないだろうようなピカソの宝物をつみ上げて、それを掃除したり、捨てたりすることを許さない。それがもう積み切れない位になると、次の室に移って大テーブルの上に蓄積をはじめる。一つの邸がそうしたピカソの宝物（普通人からいえばガラクタ）に占領されてしまうと、躊躇することなく、次の邸を買って、再び大蓄積、大積上げをはじめる。

わたしはピカソの有名、ピカソの豪華な生活、ピカソの次々かえる若い妻君たちには羨望をさらさら感じないこと、ヘミングウェイの大名旅（家族、友人、ジャーナリスト、カメラマン、崇拝者の一団をつれて彼は旅をした）に羨望を感じないのと同然である。羨望どころか胃が重たくなる。にもかかわらず、ピカソの邸の間数の多さ、蓄積することの無限に近い可能さを、この方は実に羨望して、羨望して、やり切れぬ思いがする。しかし、書庫一つ建てる財力をもたず、廃校になった過疎地の小学分校一つ買い住む（買うことの費用、そこに住むことの費用及びものを買いに行く自家用小型トラックの費用、も一つ、及びその運転能力を含めていう）力量もないのだから、やり切れぬだけに終って、それこそ全くやり切れない。

わが家は昔ごぼう畑であったところに、百姓の隠居として建てられたということだ。村の老人たちは金兵衛屋敷というが、屋敷というのはおこがましい。金兵衛小屋とか、金兵衛隠居というのが適しい。ぐるりは竹藪であった。わたしらがここへ入って来た時は、昼なお暗いという感じがし、なめくじ、むかでが沢山いて、二米ぐらいの青大将や、縞蛇が、恋に夢中になると、家の中へも平気で侵入して恋を永々と語る。天井裏につんである藁の中は、むかで、鼠、いたち、蛇の生活の場らしく、そこから室へ侵入してくるわけだ。今はその竹は枯れ果てて、竹藪の中に日光の乏しさにもまけずひねこびて育っていた雑木が、十分な日光を浴びるとぐんぐん成長して、竹藪は四、五年のうちに一変して雑木林の観を呈している。竹にとりまかれての小家が、雑木にとりまかれての小家になっただけで、藪の中であることに変りはない。

近くまで藪に迫られていることと、土地が丘陵の端にあることとから、湿気が多いらしく、地下水が一米ほど掘れば出て来るところもあって、多分、家は朽ちやすいであろう。鉄とかアルマイトとかは腐りやすい。それとくらべると、木材の方が腐りにくいらしいのが付け目であるが、本を沢山置いておく場所としては、土台がもとごぼう畑という点が心細いようである。心細いくせに、傾いた家が、傾いたままに、（時々傾きがかわることがある）、何とか不思議に、倒れずに立っているのは、少しは心強い。しかしながら、家屋は樹木とちがって、年と共に大きくひろくなるというわけには行かない。従って、収めておける本や雑誌の量には限界がある。その限界は、もう五年か、それとも十年もいけるか、そのあたりの推測はつかない。とにかく、たまって行って、減るということはない。一体、どういうことになるか。これでは本に埋もれる老年となることはあっても、本を読み返して楽しむ老年とはなり得ないのではないか。つもっている本の底から、見当をつけて、読みたい本を発掘するという作業は老年になるとはなはだ危い。脚のふんばりが利かず、目がうとく、腕力はおとろえ、バランスがとりにくい。老眼鏡をかけると遠くが見えず、あかりがつよくないと文字がよみにくい。老眼鏡を外したりかけたり、懐中電燈をつけたり消したりということも、案外はんざつで、本の山の上におきそこなって、本の谷間に落しこみ、これからさきに見つけねばならんという難儀なことになりそうな気がする。体が柔軟でなく、動作が機敏でなくなっているから、足をすべらせて本の山谷でソウナンということになりかねない。ちょっと倒れたはずみに、腕を折り、脚を折るというようなことは、五十歳にもなればあり勝ちのようだ。まして、老人となれば、あっちでもこっちでもその話をききすぎる程きき、なおりはおそく、時には生命とりになることも往々あるらしい。自動車の便宜のために、人間は階段を上下させて、歩道橋を通らせるということを考えついた役人が、いかに想像力と親切心の欠如した奴らであったかということに、今更ながら腹立ちと軽蔑を感じないでは居られないのも、老人にとっては自分の運動すらが大仕事だから当然である。まして重い本を大量動かすなどとは大変なことだ。その大変なことを今やっておかぬと、先ではもっと大変でどうにもならぬことに、現在わたしはなっているらしいのである。

絶望的な発言を重ねてゆき、ついこれではアカンでと自分をきめつけることには、実は陽気な楽しみがないこともない。普通、こういう場合、人はよく陰萎な楽しみなどと書くようだが、陰萎は圧迫されているという意識の強い若人の楽しみではあっても、少しもうろくしかけているかも知れんと自分のことを考えはじめた老人は、もう少し大ざっぱになり、多幸症の気味もちょいちょい加味して、自分をやっつけることが陽気なたのしみになる。台風などにわが家の屋根がふっとばされたのを見て、大いに陽気に笑い声をあげるのは老人ではあるまいか。老人は死が近く、まるまる自分がすっ飛んでゼロになる手前なのだから、すっ飛んでゼロになる現象に相当親愛感をもつかも知れないのである。はなはだ無責任に、勝手にしやがれ、どうなとなりやがれと思う傾向が、あるいは、濃厚極まっているかも知れない。体がきかぬから暴走族にはなれないが、精神の方は寝床に横たわった肉体の中で、ゾッとするほど悪意に満ちた暴走をほしいままにしているかも知れない。

　暴走とはいいながら、えい、本や雑誌にはあきあきした、皆、売り払ってしまえ、焼き捨ててしまえという風には、わたしはなりにくい。文字が書いてある紙で、はなをかんだり、尻をふいたりしてはバチが当るという風に、文字を崇拝尊敬するような古い時代、または未開の場所（アフリカのどこかの民族は今尚文字を書いてある物をまるでお守りのように尊重しているという事実を、新聞で今年読んだことがある、彼らは自分らの文字をもっていず、自分がよむことの出来ぬ白人の文字の書いてある物を珍重しているということだ、お前はグズだ、バカだ、悪党だと書いてあっても、鰯の頭も信心風に、信心しているという）には属していない。とすると、どういうことになるのか。

わたしのところには、書物などの外に、死んだ友人知人の書いた日記、原稿のたぐいも、何とはなく集まってくる傾向がある。それらを、あるものは本として出し、あるものはいつか何とかしてやりたいなと思いつつ、その手段《てだて》もないままに三十年近く、むなしく保存しているのもある。こうなると、アフリカの一民族の文字尊重と、余りへだたりのないところにわたしは居るのかも知れないのだという気がしないでもない。書かれた文字、印刷された文字には、何か精霊か、呪いか、祝福かが、つまりは、生命力が宿っているというような漠然たる信仰があるのだろうか。そこまでは、どうもわたしは信心深くないようでもある。すると、集まったものは捨てたくないという老人性蓄財症みたいなものか。ピカソのお隣りか、ということになる。いや、おれは文字の書いてあるもの、印刷されているものに対して、大いに保守的であるだけだろうと自分では思う。保ち、守るのがすきで、破壊し、捨て去るのがきらいなのだ。そして、それら積み重なった玉石混交みたいなものに、住居を侵略されていって、身のおきどころ、頭脳のおきどころもなくなって了いつつあるのだ。ああ、全くアホラシイことよ。そうなるというのも、おれが大きい書庫、あるいは広い屋敷を手に入れる甲斐性がないからのことで、おのれの性の拙なさに泣けということに落ち着くのだろう。テレビの人気者なら、身を一振りすればかなうだろうというのに。

　あちこちの知り人の書庫のことを思ってみる。知り人でなくても、週刊誌のグラビアなどで、有名人の書庫も沢山ながめた気がする。そういうこととともに、牧野富太郎の屋敷に、根太が落ち、足の踏み場もないほど、積み上げ並べられていたという植物標本のことや、書物が本棚に入りきらず、畳の上ににょきにょきと、まるで四角な書柱とでもいった風につみ上げてあった大山定一の書斎のことなどを思い出す。わたしはその書柱の間の谷間に布団をしいて一晩すごしたことがあったが、別に不思議なこととも思わなかった。

　大体日本人は家に個人的蔵書をもちたがりすぎる。アメリカなどでは、そんなものはもたず、図書館へ行き、あるいは、借り出して本をよむのだ。と、個人的蔵書をもちたがるのをさも悪徳、未開のごとく論じているのを読んだ記憶がある。立派なものは、博物館、美術館、図書館に集めて公開し、私蔵してはならない、それが文化というものだといわんばかりであった。が、さて、それは名論であるのかどうか。本で難儀し、このように悲鳴をあげるのにもかかわらず、どうもこういう議論には反感が起ってならず、皮肉な悪口をつきたくてたまらなくなるのはどういうことだろう。集めといて公的私蔵ということもあるのではあるまいか、集めといて天災人災で固めてパアという効率の良さがあるのではあるまいか。大学紛争の時の大学図書館がどんな目にあったかをまだ記憶しており、ある大学で学生たちが無いものにした文芸雑誌を復刻したことのあるわたしは、どうも公や学問の殿堂や国の都に対してひねくれざるを得ない。だから私蔵はやめられぬ。やめずして、悩む。勝手にしろと自分でも思う。

どうにも判らぬ戦無世代

こういう問いを受けた。

戦争を知らぬ者が、日本の人口の半数以上になった。それが戦争を経て来た戦前、戦中派と共に、この日本にいる。価値観や、生き甲斐のちがう世代が同時代に同居しているわけだが、それがどう世相に影響しているだろうか。

そういう問いであった。

いつの時代でも、老人、壮年、青年、少年は同居しており、いつの時代でも、この頃の青少年はなって居らんと考えたらしい。これは何千年も昔からそうであろう。

なって居らんというのは、道徳について、勤労について、秩序について、体力について、精神のあり方について、その他、何についてもなっておらんと考える。

軍隊に入るということがなくなったから、この頃の青年には筋金が入っていないということがよく言われる。大久保彦左衛門は近頃の武士は戦場の体験がないからふやけてしまっていると罵った。昔も今も、老人は同じような無理をいうとわたしは思う。

　こういうことをいっている老人は自分自身をよほど筋金入りだと思い、古武士的だと思っているわけだが、さて、彼らの青年時代がそうであったか、なかったかは判ったものではない。案外、筋金が入っていないとか、ふやけているとかいわれていたかも知れない。筋金が入らず、ふやけているということは、又いえば柔軟性があり、機動性があり、未来性があるということかも知れない。

　だが、そこに老人と青年との切れ目に、戦争体験、戦場体験というものをどっかり置かれると、老人にとっても、青年にとっても、或いははなはだ厄介なことになるかも知れない。戦争体験、戦場体験のあることに対して、平和の中に育った青年が、案外なことに、羨望と嫉妬を抱いたりすることさえあるからである。

　三島由紀夫は戦中派であったが、軍隊へも入れなかった。もちろん、戦場へも行けなかった。彼にとっておそらくそれは、無念なことであったはずだ。米軍が上陸して来て、日本で戦争が行なわれたならば彼の無念はなかったろうが、そうはゆかなかった。そこに、戦場体験のあるもの（蓮田善明の戦場体験と、壮烈と三島が感じただろうと思われる自決）に対するどうにもならぬ羨望があったと思われる。

　そこで彼は自分の軍隊（将校ばかりという奇妙な楯の会）を作り、自衛隊の訓練に参加し、最後に自衛隊に攻め込んで、演説し、自決する。勤皇の志士に対する願望、皇軍に対する願望が、立ち後れて不参加におわったというところから、いらいらした羨望となって、あのような不思議な自決に終わった。

ここまではゆかぬが、将軍家光が夜な夜な巷へぬけ出して辻斬りをやったというのも、これも彼自身の気分の中には戦場体験のあるものへの羨望、もしあの頃生まれていたらという口惜しさがあっての行動であったのだろう。人を斬るのが面白いというような簡単なことではあるまい。

もし、家康が生きかえってこれを見ることが出来たら、何たる馬鹿、何たる時代錯誤と呆れるであろう。もう、戦の時代ではない、政治の時代だのに、又ぞろ戦にあこがれている、平和はそんなに居心地が悪いのか、わしには家光の気が判らん、とも思うであろう。

一方、家光の方も、そんなことをいわれたら、おれに戦争を残しもせんと、爺のケチ、ぐらい思うのかも知れない。家光にとって、戦とは勇ましいのみのものに思われたであろうが、家康にとっては忍耐ばかり要るつらいことつづきのものであり、すべての武将の戦争能力をがんじがらめにからめとり、政治をやる、この世を政治の世にすることのために、やらねばならなかった必要悪（悪と意識はしなかっただろうが）でしかなかった。

しかし、軍事で天下をとる前から、着々と政治への手を打っていた家康とは、やはりおそるべき怪物としかいいようがない。明治維新をやってのけた連中全部をひっくるめた以上の能力をもっていたような気さえする。ただし、家康がどんな思想をもっていたのかは一向に判らない。政治という思想をもっていたのだろうか。

戦争の体験、圧政の体験、飢餓にほどちかい食生活の体験というものは、いくら読んでも聞いても、その体験のないものには判らない。

お先まっ暗な歳月を生きる感じは、お先繁栄の歳月の中に生きて来た戦後の人々には、理屈として判っても、感覚的に絶対に判らないようなところがあり、何事もほぼ自由で、古今未曽有に豊かな時代（今ほど青年が金をもっている時代はこれまでの日本にはない）に生きている青年の生活感覚は、こんどは、戦前の乏しい青年時代を送った老人たちには判らない。

しかし、老人たちからの青年への羨望は多分あるまいという気がする。羨望はないが、理解しがたいという感じは深く抱いているはずだ。老人は青年のことを、「あれは日本人ではない、外人だと考える方がいい」という風にさえ思う。変なはなしである。

さて、その外人よばわりされている青年の一人がこの間いうのに、「それは年とった人から、ぼくたちは外人みたいに、えたいの知れぬものに見えるかも知れませんなあ、決して無理な観察ではありません。僕たちにしても、二つ位年下の連中の考えていることやすることが全然理解出来ないことが多くて、これは外人じゃあるまいかと思うことがあります。しかもね、その二年下の外人にいわせると、彼らの二年下はまた、彼らにとっては外人だそうです」ということであった。これでは老人から少年に至るまで、断絶がやたらに数多くあることになる。

　敗戦、戦後の苦境のあたりに太い断絶の線をひくことが出来るのは明瞭であろうが、それから下の時代になると、断絶の細線が二年おきぐらいに引かれるとなる。その中にも、テレビの普及した年、安保騒動の年、大学紛争の年などの線は戦後としては最も太い線が引かれてよいかも知れない。大学紛争の時代に、大学又は高校にいた連中と、それがおさまってしまった頃、大学又は高校にいる連中とでは、お互に一向に判り合えないような精神の部分がきっとあるだろう。

　こうなると、世代とか何とかいっても、三〇年を一世代というなどと、のんきな昔の、子→親→祖父母となって行く年のとり方、役割の変化など、それこそ余りに戦前的で、今の間尺には全然あわぬということになる。その間尺に全然あわぬ世代が、もはや五〇%を割ったとはいいながら、このあわただしい、一応富んだ、そのくせ先の見とおしの一向つかぬ気のする一種暖かい不安な現代の中で、老朽して床の中にねているばかりであったり、まだ営々と働かねばならなかったり、定年におびえたり、子供に冷たくされたり、威張ったり、軽蔑されたりして、ともかく生きて行かねばならず、生きている。

男の青年の顔は近年ますます優しく端麗になり、女の青年の顔はその逆にますますいかつく恐ろしくなりつつあることや、やたらに背が高くなり、その逆に腕力、脚力が弱くなっていることや、性的にやたらに成熟が早くなり、とにかく、なるほど、外人がふえて来たと思われるのに、その外人も一様でなく、外人の種類もさまざまということになっているらしいのだから、もう日本人から脱出できそうにもない老人が、それにおびえてみたり、非難してみたりしても、何の効果もあるはずはない。年々歳々、戦前の徒は減るばかりである。やがてはほぼ消滅して、戦争を知らぬものばかりになるが、知らぬということだけで一くくりすることも出来まい。

今、どういう世相になっているか、社会評論家はいろいろ説くが、納得いったり、いかなかったりする。素人風にいえば、どうも判らんということなのだろう。

ああせわしなや

竹藪の中の小屋で悠々閑々としている風に人から思われていることが多いが、竹藪はとっくの昔に枯れ果てて、そこにしょぼしょぼ辛うじて生きていた雑木が急にのして来て、竹藪変じて雑木の藪になり、小屋は同じだが、中の人間にあわただしい変化があって、主人も一向に悠々閑々としていない。車でももって捉えにこないと外出はしないから、毎日小屋の中に座っているのが人には悠々閑々と誤解されるらしい。

しかし、毎日四つの新聞をよんで切り抜きもやり、テレビのニュースも眺めていると、小屋の中に全日本、全世界が侵入してくるのだから、ああこの世はせわしないなあと嘆じてばかりいる。わたしがせわしいというよりは、世界がせわしく、クーデター、爆破、暗殺、親殺し、子殺し、自分殺し、大雨、洪水、旱魃、地震、天災、人災まあよくもこんなに起るものだと一々あきれて、せわしながっている。

むしろ、こないだなくなったきだ・みのるに学んで、新聞、テレビと絶縁すればいいところだが、せわしながっている癖に、幾分興味が深いところがあるので、テンから縁切りは出来ない。悠々閑々どころか実りのない多忙で、一喜一憂しすぎて、時におれは阿呆じゃあるまいかと思う。一喜一憂するだけで、その現象に働きかける力もなく、心もない。感想はあっても意見はなく行動もまたないと来るのだから全くもって無用の長物というより仕方がない。

この無用の長物、豪勢に飯を食いたいという気は更々ないが、生きられる程度には飯を食わねばならず、退屈をまぎらすためには酒も呑まねばならぬ。扶養すべき家族もおらぬではない。世界は全くせわしすぎるぞと感歎ばかりしている訳にはゆかず、やはり金をかせがねばならない。

いつの間にやら、雑文書き、小説書き、時には絵書きという風にこの世に割り付けられて、その方は頼まれる限りにおいて、せっせとはげむが、そのせっせが思ってみれば、これまた何ともせわしないことだ。才能とぼしく、学識なく、中々すらすらとは捗《はかど》らぬ。仕事が捗らぬということは、自覚としては生活がせわしないということになる。

こうなると外も内も全然悠々閑々でない。

その上、どうも内の方がこの頃どういうわけか、すっきり明快にわかる事柄よりも、わかりにくい、判りまちがいをしそうな事柄に好みが移って来ているようで、読書も考えもそうした方に傾くようである。だから、したいなと思いつくことが厄介な、一生かかっても出来ない、というよりは出来る筈のなさそうなことになり、出来なさそうだからやりたいということなのらしい。らしいとは頼りないことだが、自分を観測してみると、どうもそうだ。

完全らしい外貌のもの、スベスベしたものに対して余り好感がもてず、不完全なもの、ザラザラガタガタしたものに好感をもつようになって来たが、完全なもの、円滑なものが存在するということを、自分の内外をながらく見ているうちに甚だ疑わしく思いはじめたのかも知れない。

首尾一貫しすぎている論は本当じゃないらしい、この世とはどこかに隙間があるものではないかという一種の疑惑的意見をもちかけたらしい。

そうなると、「ねばならぬ」とか「許せない」という決り文句のつくものを疑う。「ねばならぬ」のなら早速そのようにやってもらいたい、「許せない」なら許さず、その対象を完全に押えこんでもらいたい、その上でそう言ってもらいたいという気がしはじめたので、宣言やら抗議というものが何やらキナクサイ感じになって来ている。

これはそのような運動に対する不信感であるみたいにみえて、実は自分自身に対する不信感かも知れない。

マスコミュニケーションが加速度的に発達して、世界中のことが粗くではあるが広く知らされるようになって来て、却って自分自身はバラバラにされ、長持ちのする意見など持てぬようになったという気がする。今思っていることが、又すぐに変化するような気がする。そのような知らされ方しかしていないで、それを自分の中で考え究めて見るひまがないほど、忙しく多量すぎる情報があり、又、現実があるという気がする。

世界は一つなどいう方へ身が傾かず、いや、いつまでたっても世界はばらばらかも知れんと思う。そう簡単にはゆかず、一つにひょっとしてなったところで、又、必ずバラバラになる人類の運動が生れてくるという気がする。

この運動というのは「ねばならぬ」も「許せない」も含みはするが、それよりずっと大きい、人間の意識など越えた人類の盲目の合力からの動きで、予測のつきかねるもののように思われる。

地球がほぼ球形で、南北に冷たい極があり、まん中に熱い赤道があり、熱帯あり、温帯あり、寒帯ありでは、どこかから発生した一つのイデオロギー、世界観、宗教といったものが、世界を蔽いつくすことは先ず不可能で、一つ一つが蔽えるところを蔽うと、そこに頑固激烈な対立が起るに決っているという気がする。

それが地球というものだという気がするし、いつでも平和と戦争は貨幣の裏表だという気がする。

第一、貨幣というものは人間の利用して生きる食物や土地や、その他もろもろの物の象徴であるのだから、物を必要とするかぎり、人間に平和と戦争が裏表ピッタリのものとしてくっついていて、イデオロギー、世界観、宗教もそこから生え出したものでしかあるまいという気がしている。困ったことだ。

憂き世

今年、数え年で六十五になった。

還暦もすぎれば少しは自分およびこの世が判って来るかと若い頃には思っていないでもなかったが、その年になってみると、自分およびこの世が一つ判れば二つ判らないことが出て来るという有様で、これでは死ぬまで、自分およびこの世について茫漠とした認識を持ちつづけるばかりだなという感じがする。

しかし茫漠とした認識といっても、変化しないということではない。茫漠は茫漠なりに変化している。しかし、どう変化しても茫漠に終るのに相違ないという感じがする。自分およびこの世を、胸がすく程くっきりと覚れるなどということがあるような気がもう全然しなくなった。とともに、あらゆる信仰、あらゆるイデオロギーが、地球上の人間を一つにしたい欲望をもっているようだが、部分的に支配し得るだけにすぎまいという認識がますますはっきりして来るような気もして来た。それで地獄に落ちるわけもなかろうし、極楽や天国へ昇るわけもなかろうという気がする。蟻の死も、犬猫猿の死も、人間の死も、死という点では変りはないという感じがする。人間は思考力において、蟻や犬猫猿より大いに複雑だから、生死を認識したり、修飾の願望をもったり、神や仏や悪魔や鬼を、自分の内らから外界へ投影したり、外界の自然（人間世界もまた人間という生物の生み出す一つの自然でしかあるまい）への恐怖・畏怖を内界へとりこんで思索したりするだけの話だろう。何かの極意を得ようが、悟りを開こうが、死ぬのは死ぬのであって、永生などあり得ないように見える。芸術が永遠だ、思想が永遠だといったところで、高々生きて百年ぐらいの人間の体験的願望によってそういう風に語りつがれているだけではないかという気がする。あるいは、信じるという恰好の行事を行うことによってそれにすがりついているだけなのだろう。それはそれで結構で、すべての宗教、すべての思想はこの世にとけこんで、いずれは与党となり体制となるかのようだ。それが宗教の一生、思想の一生みたいなもので、人間の一生よりいささか永く生きるところが、時に何ともいやらしい感じがしないでもない。

　人間は自然を征服し統治するものであるという思想には御苦労さんと思い、人間は自然に抱かれているのが一番幸せなどという思想にも御苦労さんと思う。大体この二つの傾向で人類の偉い手さんたちは生きて来たし、偉い手ならざる残りの人類を教導し、扱って来たのであろう。だが、表現においてくっきりと首尾一貫しているが、実行において永の年月からみるとすこぶる都合の悪いことが出て来るようでないこともないようだ。

　わたしは五十代の半ばより外出が億劫になりはじめ、六十代の今に至っては藪の中の達磨さんという恰好で、行く気もなければ、お足（ゼニカネのことなり・又、自動車がないということに解してもよい）もないので、この世のことは本、雑誌、新聞、テレビで知るというようなことになっている。しかし、家族はいるし税務署（所？）というような役所はあるしで、それらによって間接的にこの世と接触している点はある。又、知人友人の来訪により、わたしの方から大抵はかける電話によるこの世との接触はある。もっとも多く濃厚なのがこの電話の交際らしく、発信多く、受信少くて、相手をはなはだわずらわしく思わせている傾向がなくはないから、万事消極的でこの世を憂き世としか思っていないようなわたしとしては、珍らしく積極的部門であるのか知れない。あるいは、わたしの人恋しさの唯一の表現方法かも知れないのだが、これが何時も深酒、乱酔より発しているのが吾ながら珍妙に思われ又、吾ながら省みて恥じ入りたいような感じが残ってならないのであった。

　三月十五日あさ起きた大阪の羽曳野市石川浄水場取水井戸で死者六人を出した取水井戸酸欠事故というのは、その方の玄人である作業員が井戸の底の状況をたしかめもせず（このことはまことに不思議であった。ローソクに火をつけて井戸の中へ下して見て、それが消えたら酸素が足らんのだから入ってならぬというのは昔からの知恵みたいな気がしていたからである、もっとも近頃は懐中電燈やライターは手許にあるが、ローソク、マッチの類は案外手許にないのだろう。近頃多い小学生の放火もそのような状況の裏返しとしてあるのかも知れない）次々入りこんで（先の人が井戸の底で倒れたのを見ていながらである）現場責任者の浄水課長までが死んだというのは不思議ともアホラシイともいいようのない事件であった。この原因についていろいろ議論があったが、その最も有力なのは「事故の犯人は低気圧だった」というものであり、事故当時の井戸内の酸素濃度は一〇％前後かそれ以下であったと断定された。

「大阪地方は十三日夜から十四日あさにかけて近畿南部を通過した一〇〇八ミリバールの低気圧の影響で雨が降っていた。土中の酸素濃度は低気圧が通過したさいに起きる〝呼吸現象〟で土中の酸素が奪われ、低気圧の通過後、二十四時間で最低を記録することが学術的に解明されている。事故の起きた十五日あさは、ちょうどこの二十四時間後」（三月十六日、サンケイ新聞）

　これを読んで、わたしははあと大変感心した。自分がウィスキーをがぶ飲みする日は前日までの辛気仕事のせいであろうと考えて来ていたのが、どうやら低気圧がその原因ではあるまいかというように思われて来たのであった。わたしの頭は土でないから（いや、一種の泥頭かも知れん）酸素欠乏となるかどうかは判らないが、どうもウイスキーのがぶ飲みとそれにつながる電話掛けとは低気圧の近接、通過と関係があるらしいぞと思った。丁度この記事をよんだ日も二日酔い気分であったが、この記事に触発されたのか、次の低気圧が接近していたためか、又ぞろウィスキーを一日中のみながら十四人の人に電話をかけ、その中の五人は昔よく遊びに来た若い女性であった。例によって喋ったこと聞いたことは大方記憶から失われているが、ひどく愕然としたことは覚えている。それはこの五人のうちの四人が今や三十の坂を越えたか、その直前にあるということであった。そして一人を除いてすべて未婚であり、その未婚の三人がてんから結婚したいとも考えていないらしいことであった。この愕然の質がよく判らぬ。小説で考えろ。しんどいな、ああ、憂き世。

持て余す

一人の人間の命は地球とかけ合うということが感傷的常識、またはヒューマニズム的常識みたいになっていて、近頃よく耳目するけれど、ほんとですかねと思う。人類みんな寄せたところで、所詮地球のカビにも当らんではないか、何をアホクサイという感じをわたしは抱かざるを得ない。

一人が悟りを開けば、全人類はおろか、全犬、全猫、全狐にとどまらず、全世界は救われるといった人がいる。はなはだ気宇高大だが、悟ったのは一人にとどまらぬらしいけれど、全世界は余り救われているとも思われない。気宇高大であっただけにすぎない。お話としては颯爽として気持がいいけれど、近所近隣、遠国のあたりまで眺めなくても、あんたが悟っても、わしゃ迷ってる、あっちもこっちも苦しんでおるという状景である。

一人が悟りを開いたらしいから、その人のいうことは何から何まで真実と考え、例えそれがだましであろうともかまわぬ（ということは絶対だましとは思っておりませんということの強め的表現である）、どこどこまでもついて行きますという悟り方もある。これは救う側ではなく一応は救われる側だが、傍の衆にだからあなた方もわたしと同じようにしたらという誘導ではある。

カトリックの尼はキリストの花嫁であるのだそうなということを聞くか読むかしたような気がする。だから、処女でないと修道尼になれず、修道尼になっても処女でいなくてはならない。何でまた、キリストは処女であることを要求するのか。そのくせ、古くのころ尼僧院は女郎屋同然であったそうなと、これも何かで読んだ。矛盾がうずまいてわだかまっている。人間の考え作ること、人間の考え行うところ、人間社会だから是非もない。

瀬戸内晴美が出家して尼となる時、今東光は尼になるのは仏様の花嫁になることだと言ったと、これは本人の文章で読んだ。いやにハイカラなことを今東光はいったものである。仏教では本当はそんなことといわないのではあるまいか。もっとも、とんと不案内だから、漠然とそのようなことを思うだけである。

一人の人間は、しかし、たしかに地球とかけ合う。地球だけにとどまらない。全宇宙とかけ合う。ただし、その一人の人間の内部においてであり、つまり内部から見ることにおいてだ。その一人の人間の都合によってであるといってもよい。

一旦、内部から見る目を動かせて外部から見てみると、一人の人間は一人の人間にすぎなくて、地球につり合うどころか、地球のカビのもとのそのカビで、一人死んだら、一人生れりゃ数の合う任意の一人にしかすぎず、男と女がこの人でなくてはと融通のきかぬことを思うことはあっても、この人でなくてあの人であっても実は融通が来る。そのように性器は出来上っており、その融通がきけばこそ、人類は絶滅することなく繁栄して来たのだ。このあたりの消息は実はうまいこと今西錦司が書いており、また小田実が人間はみんなチョボチョボで同じようなもんだと書く所以である。人間の精神の自惚れと、肉体の生きる都合が、一人の人間と宇宙を釣り合わせ、人間の方が尚重いなどといわせるだけであるわけなのだろう。一人が悟りをひらけば全世界は救われるなどとは、まことに高貴で有難く感謝そのもの、感涙にむせびたいところだが、そのような一人も、生きて死ぬ人間の一人であるのだから、余り大きいことといいなさるなといってもかまわぬだろう。内から内を見ているかぎりそのような気にはなるわいな。人は隣りの人さえ救うことはまあ出来んという方が実際的ではあるまいか。

　だが、こんなことを常時考えているほど、わたしは社会評論家、宗教評論家、ヒューマニスト、哲学者、政治評論家ではない。幸いなことにである。自分を持て余してるのに、ひとのことなんかどうでもよろしやんか、とそうまで人々に対して冷たくはないが、自分を持て余しているのにひとのことまでお節介したり、お切解（分析ですかな）したり、お説戒したりする自信がないということか。そうでなくともこの世にはテレビや新聞や雑誌や本を見ていると、お切解屋、お節介や、お説戒屋が、まことしやかに、大袈裟に、自惚れたらだら、嘘たらだら、役にも立たぬ名論卓説をのべ立てて、真理らしいものの交通事故、交通麻痺、暴走でまあにぎやかなことだ。うるさいことだという方が当っているか。

こうなると、夏目漱石じゃないが、片隅にふところ手して、じっと黙っていたいという気になる。

そこで、人前に出ないで（というのは講演、座談会、何とかパーティ、読書会、展覧会、試写会、出版記念会、結婚式、葬式）そういうのから逃げて、わが家に（これほど金のかからぬ、人で雑踏しない場所はない、いわゆる秘境、静かな穴場の名所などと旅行雑誌や週刊誌に書かれているところより余程静かだ）潜んでいることにして久しい。

こうしていると、いつの間にやら世間は退屈まぎらしに、面白げなレッテルをわたしに貼る。大方は誤解であるが貼る方は自信を持って正解と心得ている。

曰く、隠者、曰く仙人、曰く思想家、曰く左翼、いろいろ貼ってくれるが、酒飲みはあって、色魔、保守党好きという風なのはてんから貼られたことがない。社会・共産党好きとでも思われているのだろうか。ところが個人として見ていると面白い人物だなあと思うのが自由民主党の方に多くて、左翼の方に少い（現在の）のだから不思議である。

高碕タツ（忘れた）之助、河野謙三、松野頼三、そのほか、もう少し若い所で二人、よく頭の切れる、今は度忘れして名は出てこないが、その顔は頭に浮んでいるのがいる。

そういうことはまあどうでもいいが、仙人などといわれると、ろくなことは起らない。誰だったか忘れたが、大老人の画家か何かで仙人といわれている人が、仙人というと世事にうとい奴ということになり、だましに来る奴が多いので面倒でこまるということを言っていた。それを新聞でよんだ。

隠者、仙人が世事にうといとはこれはカンチガイというもので、世事にうとくては世事をきらうということにはならないのではないか。世事にうといとは金のことがよく判らんということだろうと決めこんで、印税を払う気のない出版屋、払う段になると変なケチをつけて支払わぬ仕掛の保険屋、金がもうかりまっせと電話をかけてくる証券屋、現物屋（赤いダイヤの小豆などの）、その信頼にこたえねばならんとは辛度いことだ。しかし、信頼にこたえることはこっちが丸々そいつらの食物になるということだから、残念ながら相手にはなれない。人生を語り合いましょうなどと突然やって来る人生屋（多分宗教屋だろう）がいたり、文学を語り合いましょうなどという文学老年、顔がみたいから来たいという自称愛読者（まず、読んでいない）などが年に二人ぐらいは電話をかけてくるから、隠者仙人もしんどくうるさい役割というものだ。知りもせんひとと人生論をしたり、文学論をしたり、つまらん面をお目にかけたりすることは真っ平である。人生や文学や面貌みせが何が面白いか。

わたしは隠者でも仙人でもあるはずがない。隠者とまちがわれるのは、ダルマ大師で足がない（お銭《あし》もなく、車がない）から出て行けないということにすぎない。交通費が年々高くなるからますます出て行けない。ちょいと京のお茶屋へ遊びに行ってくるわというわけには行かないのだ。

仙人とまちがわれるのは、何モセン人の何モが脱落しているのであろう。仙は人が山におるということだ。一人で山にいるなどということはわたしは淋しくて真っ平である。犬や猫が平気でひとりで夜歩き廻っていることも、小鳥が平気でひとり飛び廻っていることも、わたしにとってははなはだの驚異である。わたしの若い友人に、冬の人気なくなった山奥の飯場にひとり暮らしするのが大好きなのが一人いるが、彼は全然淋しくないそうだ。戸の外に狸がやって来て、尻っ尾で雨戸をたたいたり、フッフッと鼻息したりするから賑やかであるというが、わたしならおびえて小さくなっているのに決っている。わたしが田舎にいるのは、望んで田舎に住んでるわけでなく、都会へ出て行けるほどの資力がなかっただけのことで、隠者、仙人などとはとんでもないということを世間が知ってもらいたいものだ。

大体、陰々滅々といった顔付きではいないけれど、それなら心境は陽々明々で、ああ、人生は楽しいなどと思っているわけでは絶対ない。よく笑うけれど、皮肉な傾向が心にあるおかげで、世の中に可笑しいことが沢山あるだけであって、幸せなるゲラとは本質的にちがっている。泣く間があったら笑わんかいというのが大体大阪古来の人生法らしいが、別にそういう修行をしたわけではない。感傷的な日本古来の気質がきらい、大袈裟な誇張がきらい、学者風のクソマジメのもったい好きがきらい、宗教者風の心にもない崇高調、慈悲調がおかしくてたまらぬような批判精神みたいなものを、幼児的に、どうにもならず持ってしまっているらしいのである。それで可笑しきことのみ多かりきということになる。悲しきことのみ多かりきという風に陶酔するような感傷が一向に心を浸してくれないだけだ。

しかし、笑ってはおるが、ますますわが人生を持て余しておる。とても、世界を救うわけには行かんのだ。嘘はつかんよ。

増点主義

〝学〟がはやっているので、「私のつきあい学」というような題になっているのだろう。人とつきあう方法について、一所懸命考えた記憶はないが、誰しも人とつきあう場合、無意識にその戦術戦略を考えて、つきあっているのだろうと思う。その無意識を、意識的に整理整頓して書くより仕方がなさそうだ。

日本人は大体人がいいから、知らぬ人とあうと忽《たちま》ち信用して、高い点数をつけてしまい、段々つき合って行くうちに、その人の欠点に少しずつ気がつき、あんな人とは思わなかったと減点していくといったところがあるらしく思える。

ところが、中国人はよくその人の周囲や評判を調べぬいた後でしか相手に点数を与えない。従って、あとであんな人とは思わなかったなどということにならないようだ。あんな人とは思わなかったというようなことになったら、自分の不明を責める。

ところが、日本人は自分の不明を責めないで、あいての不誠実を責めたてる方であるらしい。これは愚かしいことだ。

わたしが知らぬ人に紹介されてつき合いをはじめる場合、どちらかというと日本人式より中国人式のところがあるような気がする。一緒に一杯のんでいるうちに忽ち胸襟をひらいて、一夜にして親友づき合いをするようになるというようなことは嫌いであるし、また、そのような態度になる人には、だらしないどころか、何かたくらんでいる底意を感じてしまう。大体これまでの体験ではそれが当たっているような気がする。

しかし、中国人が持っているような調査の人脈や調査能力をわたしは持っていないから、初見以後の相手のつき合ってくるつき合い方を、感じで判断して調査にかえる。だから、初見の印象に対するわたしの採点はつねに厳しいもので、低い点しか与えない。

わたしに金がないことは判っているから、よほどとんちんかんな人しか、わたしから金を引き出したい、だましてやろうと思って来る人はない。そんな人は印象で忽ち0点がついてしまう。また、わたしがいささか虚名を世間ではくしているように思う人が、その虚名によって、もっと有名な人に紹介してもらおうとやって来ることがないこともないが、初見の何とも判らぬ人を、責任をもって、わたしの大事な知人友人に紹介の名刺をもって行かせるほど、わたしはお人好しでもないし、知人友人の迷惑も考えて、断わってしまう。こういうことをいってくる人も0点である。

ただ困るのはそのような人でなく、わたしを幾分こわがりつつやってくるいい人がある。こわがっている善人だから、こちらをそっと覗《うかが》っているような厭な表情がくっついていて、こちらに警戒心を起こさせることがある。こういう人ははじめ三〇点ぐらいであるが、話しているうちに、ははあ、こいつ、こわがってあんな表情していたのかと判り、判られた相手もこちらの気持にほっとして、やっと普通ののびやかなくつろいだ表情になって来、帰るころには三〇点が五〇点ぐらいに上がることがある。それ以後のつき合いによって（口説《こうぜつ》は余り信用しない、書いたものと行ないをみるのがつき合いである）これからぐっと点数の上がる人もあり、そのままとまる人もある。何十年もつき合ってみないと、その人は判らないというのがわたしの考えである。そしてその何十年もの間に、こちらの運命の浮き沈みがあった方が相手がよく判る。

　また、もう一つ、遊ぶためには大変好い友人であるが、苦難を共に出来ない友人というのもあり、逆に苦難を共にすることは出来るが、楽しみは共には出来ないという友人もあるのだから、まあ、人とのつき合いというものは興味深いものである。

　こうした友人とのつき合い（友人であるが君臣・上役下役・雇主雇人・親分子分という関係のもある）については日本人より中国人の方が古来段ちがいに練達しているから、それらのことについては中国の歴史書の反訳などを読むとひどく参考になる。ことに横の連帯の場合、中国人の方が日本人より本質的に信頼おけるような気がする。それは日本人が甘ちゃんで、調査もなく親友づき合いして、都合が悪くなるとお互いに相手を裏切ったり見捨てたりして平気であるのに対して、中国人はそのような甘ちゃんの子供っぽいその場かぎりみたいな相手を、綿密な調査のうちにすでに切り捨てていて、そんな奴と連帯しないからなのだろうと思う。

そういうものを見聞きし、また、日本人の信義の薄さの体験を、わたしのようなものでも長の年月にして来ているから、わたしの三〇点主義、増点主義が出来て来たのだろう。

わたしは減点主義の交際を信じない。

若者と付き合う法

変なもので年齢差というものは何年たってもかわらない。二十ちがいはいつまでたっても二十ちがい、三十ちがいはいつまでたっても三十ちがい。そのちがいが念頭にありすぎて、こっちがじじいになっていることは分かっているのに、相手が年々としをくっていることに気づかず、若いころの二十ちがい、三十ちがいの気分でものをいっていることがある。そんな気分でいるから、ずいぶんアホラシイことを余裕シャクシャクと言っていて、相手に腹の底でコッケイがられていることがずい分あると思うのだが気がつかぬ。

相手が大学の助手や講師などをやっているころから付き合い出して、ハタと気がついてみると五十男になっているので、こっちはびっくりして、五十男にいうようなことをいわねばならぬかと思うが、こちらの方はいっこう進歩のあとがなく、下手すれば少年・幼年のころまで後退して行っているようで、こうなればどっちが本当の年上であるのか疑わねばならぬ気配が出て来ている。コッケイといえばよいかヒサンといえばよいか。

こういう実力年齢の逆転をはっきり感じる時に、こっちはもうイタワラレの時期が来ており、他人の微苦笑の対象になっているのだと思わねばならない。幾分クヤシイところがあるが、あきらめねばならんのにちがいない。

口でしゃべる方はまだまだなどと錯覚して、いらん酔っぱらい電話をかけて、いやがられているのも気が付かんのではないかと、いささかヒガミも出てくるが、ペンを動かして文字をかいての原稿かせぎは、ひどく億劫《おっくう》になっていることには気がつく。

しかし、これをやらねば生活は出来ない。出来ないがムリをして書いているものの、体力知力のおとろえにはやはりびっくりさせられる。読書力、記憶力みんなややこしく、こないだ竹内好の本のはさみ込みを書いて、一切、竹内功と書いて気がつかず、編集者にすべて訂正されたのには、全くこれはいかんなあ、止《や》んぬるかなと思った。止んぬるかなはいいが、なかなか老人年齢はつづきそうでぞっとする。

生きている以上飯はかせがねばならぬ。老後をゆうゆうとくらせるだけのたくわえをして来ていないことにいまさら気がついてもおそすぎるということになる。楽しいかな老年と意気ばってみたいが、九つ年上の老人がさっさと電車にのり、バスをのりついで遊びに来るのに、こっちは外出もままならぬ気分で、口は大口たたいて、もらったウイスキーをガブのみし、相手が帰ってしまったというのに、座椅子でウタタネをしているざまではどうにもならない。

と申して、娘や息子にやしなってくれなどという気にはならない。どういうわけかそうならないのは不思議である。全く珍妙な事態に立ちいたったものと、ぐるりを見まわしている。

昔は青年がよく遊びに来ていた気がするが、このごろは四十男、五十男がたまに来るだけのような気がしてきた。一番よく来るのは喜寿翁で、体がピンピンしているが、耳が遠くなって、こっちの話はトンチンカンにしか聞かず、大声で自分の話ばっかり聞かせてくれるのは、にぎやかでいいが、老人度がこっちの方は快速で進んでいるようで、がっかりする。四十男も五十男も六十男もみな元気でこっちの歯がたたぬ、勝負にならぬということになるとチト絶望的ではあるまいか。

こちらが幼児的状況へずり落ちて行くと、周囲をとりまいている連中が逆にガッチリした大人ばかりに見えて来るのではあるまいか。余りこんなことばかり書いていると、ますます幼児化して行くみたいな気がする。やはり少しはフンバラねばならんのだぞ、この一番。

八十歳になった哲学者が「キミ、八十になるとこれまでより一段とものが見えてくるよ、ウン」と自慢してきかせてくれたが、本当だろうかなあ。どうでしょう、御同老。

修身・反修身のバランスを忘れるな

修身《しゅうしん》　①自分の行いについて、悪を改めて善に進むよう身をおさめととのえること②旧制の小・中学校の教科目の一。国民道徳の実践、徳性の涵養《かんよう》を自覚させることを目的としたもの。昭和二十年連合軍総司令部の指令によってその教授は停止された。（『広辞苑』による）

　さっするに修身とは成人が、一人前でない子供に、こうせよと要求する事柄であり、権力あり、実力ある者が目下のものに要求する事柄であるらしい。お前たちはこうあらねばならないの裏には、お前たちがこうあってくれれば、おれたちは都合がよいということがあるように思われる。それが大政治であり、小政治であるということを、修身をおしつけられる方はうすうす感じることもあるが、しょせんは知恵うすきものだから、本気に、自分もそうあらねばならないと思いこんだりする。

　今のわれわれ老人は、小学生時代、こういう修身を学校で先生からならった。その割にすべてが身にしみていないのは、教えこんでくれる先生が余り修身を実行していない、また、大人たちが必ずしも修身的でないことを見聞きして感じていたからであろう。

しかし、世の中、そのような先生や大人ばかりでなく、マジメに修身・精神で生きている人も割合多くいる。そういう人から修身をたたきこまれるとなると、こっちもマジメに修身に身も心もうちこまねばならなくなるが、世にこれほど不幸なことはなかった。人生に無理がゆくからだ。無理かさなって、初老ぐらいになると、晴れ着切り、インクぶっかけ、痴漢に突如変貌する。でなければ麻薬患者になったりする。修身にマジメすぎると、心身ともに歪《ひず》むらしいのである。

修身をおしつけ、それで大政治、小政治をやる連中は、表に修身を出して建て前とするが、裏は反修身をやって、心身のバランスをうまくとる。それを別に非難するにも及ぶまい。マジメなやつが無理するのであり、アホなのであると、大体の常識は考えている。適当に修身をやり、適当に反修身をやれと。

大人に向かって上昇カーブをえがいて近づいて行くのが未成年者であり、常識が発達するにつれて大人の世界の修身と反修身のバランスを体得して行く。

体得して行かぬ未成年は大人の世界の反修身を、潔癖《けっぺき》にきらって大攻撃をかける。その大攻撃のうちに、戦いは修身からはじまっても、必ず反修身をその中に生み出さねば勝てないものだから、反修身に習熟して行き、いわば戦いの熟年になる。戦いすんで日がくれて、熟年的な青年がのこり、ケロッとして大人の世界へ入って行くという姿は、もう随分みた。結構である。

老人は大人に背を向けて（残念ながら）下降カーブをえがいて、大人世界の能力が段々減って来、体力的に未成年の方に近づき、やがて少年になり、幼年になり、オムツを当ててもらわねばならぬ赤ん坊に至る。

長寿うれい多く、もっとも長寿わけがわからんと、白楽天が詩にかいたかどうか判らない。詩がかけるとしたら、未成年のあたりに降りて来たあたりだろう。上昇未成年にせよ、下降未成年にせよ、詩的感傷の多い年ごろである。

ここを大人は突いて、下降未成年にも、修身をおしつけてくる気配がある。どころではない、もうちゃんと老人の修身書が老人評論家によってぐるりをとりまくように出版されているような気がする。

老人よ、修身と反修身のバランスを忘れるな。

Ⅲ

小信

数え五十三になった
なってみれば　さほど爺とも思えず
思えぬところが爺になった証拠だろう
他の爺ぶりを見て胸くそ悪くてかなわず
他の青春を見て生臭くてかなわず
二十にならぬ娘たちをながめて気心知れぬ思いを抱く
爺ぶるのが厭で　しかも爺ぶってるだろう
やり残している仕事が目につく
日暮れて道遠しか
ばたついて　仕事はかどらず
気づいて見れば　ぼおっと物思いだ

数え五十三になった
知っている詩人は　もっと早くて死んだ
死に競争に負けてしまった。
もう　ゲーテをみよ　ヴァレリを見よと
長命詩人をほめる方へ廻るか
詩人の平均年令も上った
全くロマンティックでなくなった
数え五十三になった　白髪と虫歯といぼとしみ……。

＊　　＊　　＊

或る日わが家をとりまく竹藪に
雀うるさく集まりさわぐ
それは合戦をひかえた軍勢の
宿りのごとく落ちつかない
そして彼らはもう来ない
戦はよそへ移った
或る日　コリーがわが庭へやってくる

人力車夫さながらの曲った脚もつ
わが家の老犬三郎に惚れて
三郎の倍も大きく倍も若い彼女は
甘たれてすぐに寝ころび
わが家庭菜園は畝もみぞも
べったりと平にされてしまった
夜中彼女は甘ったれ
いやいや三郎は情を通じる
そして彼女はもう来ない
彼女は泥々の体で鎖につながれた
或日わが室の前の小池で
一面の藻をつきあげうごかし
鮒は群がって泳ぎ狂い
そして彼らはもう騒がない
卵の放出と性液の発射は終り
今はもう彼らの子供が泳ぐ

或日ひとは原稿をもって現われ
わが批評をきき
或日ひとは酒をたずさえて現われ
わがくだまきをきき
そして彼や彼女はもう来ない
彼や彼女は世に出たためだろうか
それとも沈み果てたためだろうか
或日竹の秋がはじまり
竹の葉は庭にちりしく
或日ひとはわたしに詩を強制し
わたしは　もはや倦《う》んだ詩を書く
人間五十年夢幻と思いはせぬが
五十の上は人生の余りと思う
如《し》かず茫々と竹の林を眺め
今日は何をしたらよかろうと思うに
人生扶養家族あってはそうはいかぬ

雑文をひさいでひやひや世をわたる
子供ら年々に大きくなり費用ふえ
家せまくなり金多くもって行く
嘆じてもどうにもならぬ　かせがねば
かせいでどうにもならぬ　物価高
あれを思い　これを思い
悩みつきせぬわが思い
ああ通俗や
俗いやと　俗にからまれ　生きておる
ああ通俗

誤流先生伝

先生がどこの人なのか知らぬ。またその姓名も怪しいものだ。家のほとりは殺風景だ。ちょろちょろ流れるどぶがあり、どぶの土には金魚の餌になる赤虫がふらふらしておる。大雨が降ると、どぶが小川になり、鮒や金魚がそこへ迷いこむことがある。それを見るとき、先生は天を仰いで嘆息し、ああ、流れを誤《あやま》てり、天《てん》なる哉、命《めい》なる哉という。鮒や金魚に我が身の上を思い起すらしい。つねに、一言もまちがわず、ああ、流れを誤てり、天なる哉、命なる哉というゆえに、人よんで誤流先生といい、別に天命先生とよぶ。このごろ世人がひとを先生とよべば、先生とよばれるほどの馬鹿でなしの先生の意である。先生とひとに呼ばせて喜悦しておるのは、今の世で、芸人と医者と教授ぐらいのものだ。大臣国会議員をはじめとし、もろもろの政治屋どもも同類である。このことは付け加えておかねばならない。

ひとが誤流先生とよぶのを、先生は別にいやがるようではなく、いつしか自分でも、誤流先生といわれておりますなどといい、署名するにも誤流を使うようになった。誤流も誤流だが、つまりは五流の御仁ではあるまいかとそしるものもある。いや、五流などもったいない、八流ぐらいのものですと、先生はけんそんした。八流はヤルともよめるやんか、先生は八流やないぜ、ヤルヤルといっても何もヤランではないかと、又そしるひとがいる。そしるというが、からかっているという方が正しい。からかいついでに駄じゃれ、地口のたぐいをいう。

一流は入るで、二流は似る、三流は去るで、四流は知る、五流は誤流でこりゃまずい、六流はむるで何のこと、七流成るで御結構、八流やるでやりはせず、九流は来るで何が来る、十流取るで何を取る、名を取る、富取る、年を取る、ただで取れるは年ばかり、貧乏先生年取った。ププイヤナア、ププイヤノウ。貧乏先生年取った。ププイヤナア、ププイヤノウ。取るもの取って、おめでたよぅ。ププイヤナア。ププイヤノウ。ひとの悪い地口好きが、よほど悪意も含まずこう歌った。むしろ些少の好意をこめているのかも知れない。先生は近隣のひとびとに重んじられてはいなくとも、嫌われ憎まれてはいないのである。

先生はゆったりと物静かで余りしゃべらんし、名誉や金には気がないらしい。当世、余りしゃべらんでは、もともと名誉や金にありつける訳がなく、気がないというのは、或いは全然能がないのかも知れぬ。能がないとさとれば、気がない顔をしておるにしかず。余りしゃべらんのは気がない顔をしておるのにはなはだ適当といわねばならぬ。手のとどかぬものはほしがらん方が精神肉体のためによい。ことに消化系統のためによく、循環系統のためにもよい。先生は多分、ガンにもならず、脳溢血でよいよいになることもないであろう。

　本を読むのは大好きであった。一生、本を読んで暮らせたら良かろうと思っていたかも知れぬ位であった。如何んせん、手持ちの本の数が少かった。人に借りて読もうにも目に一丁字もない農民の主にすむ村であるのだから、まじり住む二、三の読書人にたよらねばならぬ。とはいっても、このような貧しい農村に安んじているような読書人では、借り出せる蔵書も知れたものであった。そこで先生は主にわが手持ちの書物をくりかえし読む。「はなはだしく解することは求めず」という先生の言い分は果してどうだろうか。世に読書百遍、意おのずから通ずというではないか。先生は読書百遍どころか、千遍にも及ぼう。であるのに「はなはだしく解する」ことを「求めない」とは体裁のよい！「意おのずから通」じなかった気配を感ずるではないか。まあ、人にはそれぞれ天与の才というものがあり、その寡多はまあこれは仕方なかろう。「意おのずから通」じなかったので、回避作戦をとって「はなはだしく解することを求めない」ということもまことに宜しい。無理して「はなはだしく解することを求め」たりすると、自信喪失、やけくそ、絶望、とかく精神の衛生、人生の生《い》き味によろしからぬ。楽しみによむのだから、一言半句わからなくても、音を発すればまあ内臓の運動による爽快あり。それでも一得というべきなのだ。あに甚解を要せんや、快あればそれでよし。

と、まあ、先生はそれほど極端にわれらの如く無学ではないから、これは言いすぎである。口がすべってしくじった。先生はこう言っている。「ただ、これだ！　と思うことがある度に、うれしゅうてうれしゅうて、飯を食うことも忘れてしまうわ」やはり、読書百遍意おのずから通じているのであった。なまじ知り合いだと、偉い人の偉さが判らんということになるのだろう。

読書はさることながら、もう一つ、先生は生れついての酒好きだ。だが、家が貧乏で、そもそも役人になって金持ちになる才腕があるのに、変てこりんの田園好みで、金もたまらぬうちに役人をやめてしまう悪癖のある困り者、家が貧乏であたり前だが、不義理の返すあてもない借金をしてのんだくれるような方ではない。従って、酒は好きだが、いつもかつも手にはいるわけではないというわけで、酒日照りが往々続くという次第だ。うかぬ顔して書物をくってはおるが、余り身が入らぬだろう。不景気千万である。傍見に、可哀そうでたまらぬところがある。人格者の可哀そうなのは、一しお尚更に可哀そう極まる。

そこで、親戚友人はこうなのだと知って、酒を置いて先生を招くこととなる。やって来て飲むと、とことん底まで飲む。飲み残すと後髪引かかる思いというわけか、意地汚いのか、と思うがそうでもないので、結局は先生の実直さのあらわれなのだろう。お皿のものに箸をつけたら、余さず食べるのが御行儀というものだと、幼い頃から仕付けられていたのだろう。この伝で行けば、出された酒壺は底まで飲み干さねば礼儀にそむく。そこで、何が何であろうと底が見えるまで飲む。うまく出来た濁酒なら、えんやこらさっさと弾みがついて飲めるが、時にはその家のおかみさんが作りそこなったような、しぶいようなすっぱいような濁酒にも見参する。律義なるかな、誤流先生はそれでも底を見るまでのむ。礼儀であり、仁義であり、その濁酒をつくったおかみさんに対する慈しみでもある。必ず飲みつくすと評判が定まってしまうと、飲み残すわけにはゆかぬ。飲み残すと、不手際でございましたろうかと失望と怨みの言葉をきくか、どこかお体でも具合悪いのではとしつこく問いただされる。どちらも先生にとっては厄介な質問である。だから、厄介をさけるためにも飲み干す。仁義慈愛のためにも飲み干さねばならぬ。君子たる者、まことにつらいこと哉。

さて、およばれに行って、一壺の酒を飲みつくして、先生は何をその先に期待していたのかといえば、「必ず酔うにあり」ということであった。酒はうまくて好きだったが、味も味だが酔っぱらうのが目的だったのか。酔ってしまえばそれで立ち去る、帰ろかな居ろうかなと未練たらしいことなど、かつてあったことがない。酔ったから帰るよ、さようなら、ごちそうさんであった。もう一盃どうだね、まだ一壺あるよととどめられても、いや、もう駄目やなあ、気持よう酔うてもた、もうあかん、さいならと帰って行く。いさぎよいことこの上なく、爽かといってよかった。きれいな酒であった。そうか、果してそうか。

下手に、詩が作れ、書が書けることは危いことである。ことに酒をおごられた時が危い。お人好しの誤流先生とて、度々の経験でようやくこのことに気付き、気付くと同時に何となく厭な気分に襲われた。その厭な気分は月日がたてばたつほど、忘れ去られるのではなく、むしろ濃厚になった。先生は強《し》いられることが全く嫌いであればこそ、役人生活にも短時日しか耐えられなかったのだ。その強いられる感じがこの厭な気分のもとであった。ほろ酔いの機嫌にのせられ、人々の口車にのせられたということがはっきり判った。酒はうまい。うまいが酔う。酔うと酔いにのせられる。考えたあげく、誤流先生は何の乗せられざる術も考えつくことが出来ずに、時々、酔いにのせられ、口車にのせられ、出される紙に詩を書いて、次の日、何とも厭な気分で目をさました。二日酔いが厭な気分であったのではなく、じんわりのせられて追いこまれて、つまりは軟らかい仕方で強いられてしまったことの無念さ。頭を自分でこんこん叩いてみても、壁にぶっつけて見てもどうにもならんのであった。飯がまずかった。窓にもたれて山見れど、おれはあほかと悔まるるという心境であった。まがきに菊を採ってみても、空がまっ青でも、気は晴れぬのであった。曇天がわが身のうちにわだかまっているからである。

といって、策謀は先生の得手ではない。どうにもならず、乗せられっぱなしで、翌朝、曇天を魂におっかぶせられているばかりだ。いつまでもこれは続くだけだと思われた。しかも乗せた乗せたといっても、酒を設けるのも人の善意、詩を書かせるのも人の尊敬と好意によるものであることは疑いもないので、悪い人間はここにおらず、ただ、生酔いで詩を書かされるのが何とも厭だという先生の気分だけが目立つだけであった。それでは可哀そうに先生が子供っぽい勝手者に見えるだけであろう。

しかし偶然というものは時に皮肉な善事をやることがある。或る夜、先生は何かの理由があったのだろう、或いは晩飯をぬきにしておよばれにやって来たのかも知れないが、いつもよりずっと早く酔いの絶頂に近くなっていた。壺の底まではまだ中々であって、壺の中の酒の水位（あるいは酒位とでもいうべきか）は丁度、先生に紙を与えて近作の詩を書かせる適当な時機を示しているように思われた。壺中の酒位は正にそうであったが、先生の肉体の中の酒位は実は底が見えるあたりへ行っていた。それは外からでは判らない。先生の酔い態《ざま》はまあ常に端正であったからである。

筆をとった。紙の上にその先を落した。筆を動かした。人々の目の前に、これまで見たこともないような文字が書かれているようであったが、つくづく見ているとそれが文字ではなく、わけのわからぬ筆のぬたくりであることに気がついて、しまったと思った。しかし、先生は、もう一枚書こう、紙をよこして下されといった。人々は閉口した。すると不意に、先生は酔うたわい、帰ります、さいならと出て行って、人々はもう一枚紙を汚されずにすんだことにほっとしたのであった。

戸外に出て冷たい空気を吸うと、先生の頭ははっきりした。酔うと文字が書けぬことがある。筆が勝手にぬたくり廻るぞ。書けといった連中は閉口して、もう紙を出さなかったな。ははあ、これだわい。これであるわい。そう先生は思った。二、三回、こんどは判っていて筆のぬたくりの気配を見せた。あいつは、あの先生は余り酔うと書は駄目だということになった。先生の方はなるべく酔いを強くするように、壺の底までのみほすことをならわしとした。筆墨紙はぷっつり現われなくなった。しかし、濁酒は出た。人々はだまして書をうばう気はもともとなかったからである。むしろ、書を求めれば先生がますます興に乗るだろうという一種のサービスであったようなところもある。先生は酔遁の術の気であったのだが、人々にすれば一壺のみほしたらあっさり立ち去るきれいなお酒だなあとますます感心し、先生を慕うだけであったのだ。お互に判っちゃいないところで、お互に好きあっていたわけなのだろう。

せまい家は荒れ果てて、風は吹くまま、日はさしこむまま。風にさらされ、日にさらされ、戸外とかわらず、ただ屋根があるだけであった。雨露の露の方はまあまあとして、雨はあるいはポトリポトリと漏ったであろう。屋漏りは虎よりこわいというが、この人間の虎になった謹厳なる誤流先生は屋漏りの虎をさほどおそれもしなかったろう。床《ゆか》の上の敷物をずらして、いくらか屋漏りのおだやかなあたりに移ればそれで済むといったものだ。霜柱はいかが。寒烈な冬の暁方には霜柱も結構立ったであろう。しかし、先生の詩に屋中の霜柱のことは無かったような気がする。

　さて先生の風態たるや、ちんちくりんの皮衣、穴があいたり結んだり。さて先生の食生活たるや、飯入れ水入れしばしばすっからかん。それでも晏如《あんじょう》たりという。晏如は平気、平然というが、のんびり顔の満足調が添うだろう。何はなくとも、何はかけても、まあわしはあんじょういっとるわいと、自己満足のゆったり面だ。気にすることは何《な》んにもないよといわんばかりで、ただ黙っているばかり。人が見れば腹立ちかねぬ晏如ぶりである。

　晏とはなにか。眺めてみるのに、日は上にあり安らかなり。上天気の快さ、安気さであろうか。誤流先生は何によってこう、日は天にあり、安らかなる人は地にありであったか。

　常に文章を著《あら》わして自ら娯《たの》しみ、頗《すこぶ》るおのれが志《こころざし》を示す。こうおっしゃる。自らのたのしみ淬で他をもたのしましめ、自らに説きつけた理想や行動原理で他をすこぶる動かし、規制したとは、まことに天気晴朗の自信であり、全く大した方といわねばならぬ。

なぜ自らたのしみ、志を示すだけでよかったのか。常に文章をあらわし他をたのしましめ、すこぶるわが信者を育成すと、こういう風に商売繁昌、弟子多々と行かなかったのか。その方が得だろうに。

先生はいうのであった。人生の損得なんど忘れていたわい、忘れて忘れて、これで勝手に死んでゆくのだ。

勝手に死んでゆく、自然に死んでゆく、出て来た土へ帰って行く、人間ひとりで死んでゆく、双子で生れてもやはり生れるときはわれひとり、体をくりあわせ心中しても死ぬときはわれひとりなり。共に生れ、共に死ぬのはかなわぬことだ。生れた時はちがっても、死ぬ時は同じと桃の林だかで誓い合った英雄一人に豪傑二人も、いたわしや、別の時、別の所で死んだではないか。人生自然がよい。さからっても何にもならぬ。だからわしはひとりで土に帰ることを好んで書くのじゃよ。これぞ大晏気なり。

つき合いかねるね。人間嫌いが底に見えるよ。しかしまあ、死ねば終りか。これは賛成。死に急ぐにも及ばんものだてな。古語にいわく、死はいつまでも待っている。

花田の京都は霧の中

「お生れはどこですか」

「………」

「福島と福岡と二通りになっていますな」

「どちらでも僕はかまわないね」

「かまわない？」

「うん、かまわない。二通りあった方が面白いね」

こういう会話をやり、そのままになっていた。年譜によると、福岡市であった。

小川徹の「実録（ドキュメンタル人間史）花田清輝の全生涯」（以後全生涯と略記する）によると、息子の黎門がある人名辞典に、福島県出身とあるのに疑問をもったら、父の清輝は「いいよ、そういうところは、ワカラントコロがある方がいい」と笑っていたという。わたしとの対話の場合も、笑って機嫌よかった。はてこの美男振りは、東北の美男か、九州の美男かと、ちょっと考えて、考えるのは止しにした。黎門とわたしは多分同じ本を見たのらしい。何の本か忘れたが、福島は福岡の誤植だったのだろう。

しかし、この「ワカラントコロがある方がいい」という考え方は冗談めいて、却って黎門の胸の中に沈着してしまったような気もする。彼は電話で話した時（偶然、仙台から東京へ帰って来ていた）、清輝が京都時代、どんな学生生活を送ったのだろうな、一向に判らないというと、本人がわからん方がいいと思っているのだから、判らない方がいいのじゃないですかという意味のことを言った。

「息子として、やっぱり厭かなあ」

「厭でしょうね。気味が悪いというか、気持が落ちつかないというか。調べなくてもいいのじゃないでしょうか」

「やっぱり厭か。息子としてはそうかも知れんなあ」

調べるのは止すとは、わたしはいわなかったが、両親のとは大へん違って、ひどくおとなしい感じをその声音に聞きとって、なるほど息子は迷惑かも知れんとは思った。母親とは大分ちがう。お婆さん子らしいな。

その母親のトキ（トキさんとふっと書きたくなるが、以下ずっと辛抱して敬称は略す）とはすでにそれまでに、時によっぱらい電話をかけていたのであり、それで、息子は両親と大分ちがうな、と思ったわけだ。もっとも、四十歳の学者にとって、電話で、見たこともない酔っ払いと話すこと自体が大迷惑であったにちがいない。陳謝万々。

花田家の先祖は毛利家から出ており、それで代々長男の名には輝がつくのだそうだということを読んだ記憶があるが、清輝のあとが黎門とはどういうわけだろうなどと訊ねる勇気はもはや失せて、早々に電話をきったが、昭和十一年生れならレエモン・ラジゲのレエモンかななどと漠然と思ったりする。こんなことを考えることは、考えられる方は厭かも知れないが仕方がない。こっちは漠然の思いをしつつ、茫々とこの世を生きつづけているようなところがある。

花田の死んだ一九七四年は、昭和でいえば四十九年、死苦の年で、わたしにとってはやり切れぬ年であった。前の年、父が死に、母が胃癌で手術をやったが手おくれであって、ただ寝ているばかりであり、女房は父母の看病づかれで体をひどくやられてしまった。私事を語るのは面倒くさくて野暮でもあるが、死苦の年の説明には致し方もない。その年、まず女房の入院手術があり、母の死があり、焼いた骨は父の頑丈で太いのに対して、母のは丸で灰そのものみたいにはかなかったのにおどろいたが、身も心も亭主の看護に使い尽したという感じがした。死んでのあとの仏事というのが又大へんで、やっと万事一応終ってほっとしたけれど、女房はふらふらと影のごとくに生きておるとしか見えない。

まあしかし一安心かと思っている時、七月、大山定一が死に、八月、花柳芳兵衛が死に、九月、花田清輝が死んだ。大山、花柳はすでに七十をすぎた辰の年だったが、花田はその連中とわたしとの、ちょうど中程の年齢である。三人共、もう十年ぐらいは元気で仕事をするとわたしが思いこんでいた男だから、毎月一人ずつ死なれてわたしは完全に参った。参ったということは、こういう死の場合、何に向ってか知らぬが、ひどく腹を立てるということだし、葬式には絶対出かけず、自分の室に坐って、死者のことをあれこれ考えるということだ。

大山定一は大へん可愛がっていたひとり娘に、どうしてこの頃、お父さんはお酒をのまないでいられるの、ときかれ、それはね、人間が一生にのむ酒の量はちゃんときまっているんだ、お父さんはそれをのんでしまったから、もうのまんでいいんや、といって、晩年二年か三年ほどは牛乳ばかりのんでいた。

彼の入院は手おくれであったらしい。死んで腹をひらいてみたら、肝臓が肥大して、肋骨につき当っていたそうだ。それで痛みがきつく二日ほどうなり通した。愚痴などいう男でない。ただうなった。

花柳芳兵衛は内臓の関係で、わたしが知っているだけでも、三回入院して手術を受けている。二回は健康をとり戻した。三回目は、彼の若い妻が「花柳芳兵衛追善舞踊会」に彼の妻ならびに彼の弟子（花柳邦三郎）として「ごあいさつ」の中で書いている。

——思えば昨夏七月十六日　こんな悲しいことになろうとは思いもよらず軽い気持で病院に向いました「すぐにお父さんは元気で帰ってくるから　二人仲良くお留守番を頼んだよ」二人の我子に見送られふり返りふり返り手を振っての我が子との別れ　一日も早く元気な体になって〝ただいま〟と玄関に立つ姿を信じておりましたが……それもたった一ト月で　しかも　八月十五日という日に……主人はとうとう手の届かぬ所へ旅立って仕舞いました——

彼もひらいてみたら内臓がぐじゃぐじゃになってしまっていたということだった。

花田清輝の入院も手おくれであったらしい。室の中で倒れて歩けなくなったという話を、多分、飯沢匡の葉書で知った。ベッドの上にあぐらをかいて、例の調子で元気に客と応対しているとも誰からか聞いた。

死んでみると、血管がボロボロになっていたのだと、誰かが知らせてくれた。

大山が死んだら、蒲団の下からゲーテ詩集の訳稿が出て来た。

芳兵衛は床の中で、十月に毎日ホールでやる予定だった、大阪市民文化賞、日本舞踊協会の賞、古稀の祝いを兼ねての祝賀会の舞台の事、門弟および自分の踊りの案をねっていて死んだ。

花田はベッドの上で何をしていたのだろうか。このことはわたしはまだ知らない。

しかし、血管がぼろぼろだったというのはこたえた。どうして、そのように急にぼろぼろになったのか。

「全生涯」をあとで読んで、ああ、大分前から体が悪かったのかと判った。

「六年間アメリカにいて帰ってお見合いで結婚した。〔二十六歳の時アメリカに行ったのだから、三十二、三で帰ったとすると、彼は昭和十一年生れだから昭和四十三、四年となり、清輝、五十八、九歳のころだろうか〕父は呼吸がきつく、体調がわるく、胸がくるしくなるのがわかった。母が三十二年、つとめをやめてから、ウルサクいって原稿をやっと期日までに書くようになっていた」（黎門の談話）

だがこれでは血管ぼろぼろが判らない。辛抱していたが、酔うと制御がゆるむ。花田夫人についに電話をかけて質問した。トキ夫人は黎門よりずっと開けっぴろげの直截な気質らしく問いやすい。大抵の酔い電話では聞いたことをすっぺり忘れるが、この時は要点を少しは書き留めている。

花田清輝は脂こいものが好きでした。野菜は食べませんでした。七、八年前より胸がいたんでいました。脚もいたいといっていました。あなたは家族のものとあったことがないと書いてられたけれど、小沢さんと一緒にこられた時、わたしもそこにいたんですよ、だから、わたしはあなたのことを知っています。

こうすらすらと言っているわけではない。この間にだみ声の酔っ払いが、ふふん、とか、そうやったのとか、関西弁で合の手を入れているわけだ。

野菜はくわぬ——あのお母さんが子供の時から可愛がりすぎたのだな、肉や魚ばかり食わせたな。わたしは一度だけ、花田の留守の時出あい、うちの清輝は折角仲の良いお友達が出来たと喜んでいると、いつの間にか仲たがいしていて困りますというようなことを、この小さな上品でリンとしたお婆さんから聞いたことがある。だから、あなたは清輝とケンカしないで付き合ってほしいという意味合いが後にあったようだった。今、思えばこのお婆さんが黒田藩の祐筆とやら、家老とやらの孫にあたる人であったわけだ。このように上品で身ぎれいでキリッとしたお婆さんをもう一人知っているが、この方は熊本藩の士族の子孫らしかった。といって、別にわたしは士族崇拝ではない。公家にも、武家にも、気に入らんことが多々ある。

わたしは一度も花田とケンカしたことも論争したこともない。その代り悪口をいわれたこともないらしい。(花田夫人の言)

それは当然で、花田とは住んでいるところが、東京と大阪とでは離れすぎているし、わたしは論客ではなく、せいぜい雑談客にすぎぬ。もっと積極的に有名になろうとしなければいけないなとか、サーバーのように絵入りの本を書けばいいからやりなさいとか、そうすすめられてもその通りはしなかったけれど、何たるバカなことをいうかと反撃してケンカ口論することはわたしの柄ではなかった。もっとも、清輝の方からみても何やら頼りない相手で、腕まくりする気にもならなんだろう。

「あなたは京大の何科ですか」

「英文科だった」

「京都に何年か住んだということは、あなたの評論に実にいい影響があった筈ですよ」

「そんなことはない。考えられないな」

「いずれゆっくり判るやろと思うがなあ」

「判らんね。どうしてそうなるか」

「京都が冷たいところだから」

「判りかねる」

「林達夫という人にもこの話したら、判らんといわれたけれど。あの人の緻密さなど、正に京の底冷えが影響してると思うけど」

「あんな底冷えがどこがいいか。僕は一向に判らない」

「判らなしゃあないな」

「うん。判らん」

こっちが言いっ放しで、論証付かずだから、流石の花田清輝もかみつく気にもならなかった筈だ。吉本隆明などとは猛烈な嚙み合いしたらしいけれど、大体論争には興味がもてぬ方だから、全然読んだことがない。

脚をいたがっていたということを聞いて、ああ、なる程そうかと思った。父も死ぬ（八十五歳で死んだ）二、三年前から、脚のはこびがのろくなり、長距離は休み休みしか歩けなくなり、よく脚の痛みに悩んでいた。結局これは脚の血管がぼろぼろになり、細くもなり、血液がすらすらと通らなくなっての痛みであったということであった。こうなると、パッチなどはくのにも、何か壁のようなところに身を支えねば出来ない。花田が縄跳びが出来ず、溝をよくこえそこなったということの原因はここにあったかと納得した。納得すると同時に、四つしか年下でないおれも危いものだと思わずにはおられなかった。花田は椅子にかけて仕事ばかりしていたのだったろうが、わたしはあぐらのかきづめで、仕事ばかりしている。いや、その間にウイスキーをのんでの乱酔がはさまるのが、花田とのちがいだろう。彼は余り酒をのまなかったらしいからなあ。どうして酒をのみ、野菜を食うことをしなかったのか。仕事のしすぎではないか。まあいわば戦死じゃねと憮然とするが、毎月戦死されてはやり切れない。しかし、立派な気がしないでもない。それぞれの死に納得はいった。

昭和四十九年十二月十九日（木）の毎日新聞夕刊（大阪版）によると、「このほど」東京・神楽坂の出版クラブで「花田清輝氏を追悼する会」が開かれたとあるが、「このほど」で何月何日何時からやら判らず、そのくせ、三時間半に及んだ「追悼の夕」などと書いてあり、すこぶる韜晦《とうかい》的で、韜晦家と目されている花田清輝の追悼の夕の記事としては中々シャレていた。その会で『近代文学』の仲間であった平野謙がはなはだ奇々怪々のスピーチをやったらしい。平野は花田が生きていた頃も無論だが、死んで後ますます花田が気味悪くなったのかも知れない。「花田清輝特有の完全犯罪的意図」というような、まことに草葉の蔭で花田が大喜びしそうな文句を、『群像』の「花田清輝追悼号」の文章の中で使ったりしている。それはそれとして、スピーチをうつす。速記によるか、要約かは知らない。

「花田清輝は経歴によると、高校、大学を出たことになっているが、同級生が彼のことを誰も書かない。もしかすると学歴詐称ではないか……。文壇はいつまでも『文壇村』である。ダレソレはダレソレの息子で、ドコドコの学校を出て、ダレの娘を嫁にもらった——といったことで成り立っており、それをたよりに批判もなされている。金脈、人脈が問題になったが、文壇も人脈で動いている。金脈はないようだが。清輝は『村意識』からすると得体の知れない存在であった。それだけ市民的、近代的で、作品で勝負する、作品以外は相手にしない男だった。気心のわからない人であったが、残された著作集を検討、業績を研究してもらいたい」

「もしかすると学歴詐称ではないか」とは実に平野探偵は面白い。

それに対して、戦前『文化組織』で一緒に仕事していた楢島兼次はいう。

「……学歴詐称の話があったが、花田さんは福岡中学の先輩で、そこまでは確か。七高も京大も大丈夫だと思う。しかし中学の名簿も以前は京大哲学科から京大英文科になり、最後はブランクになっていた。……」

花田清輝がきいたら、これも嬉しがりそうな妙な事実であって、この「追悼の夕」の記事はよろこんでわたしは切り抜いた。

花田清輝が学歴詐称をやったのかどうか、やったとしたら利得のためか、韜晦のためか、それはどうだろう。

「全生涯」においても、小川徹は花田の学歴について、はなはだ困惑しているところがある。花田の七高時代の友人も京大時代の友人も探索の網の目にかかってこなかったらしい。誰かが熱心に年譜を作ったが、花田清輝に見せると（すでに発病していたらしい）、花田は赤鉛筆で線をひいてかなり削り、結婚も子供も職業も出てこないものになってしまったという。それが、印刷された現存の年譜らしく、一番新しい「さまざまな戦後」（読売新聞社）の「花田清輝　年譜」も、文学活動以外は、結婚も子供のことも職歴なども、なるほど全然なく、七高すらが消滅し、どういうわけか、昭和七年に英文科を卒業していることになっている。全く、これ本当かと、段々わたしも気になりかけたのだった。

　と同時に小川徹が花田清輝の戸籍謄本をみたこともなく、京大あるいは七高の方面へ、人をやって、あるいは人の助力を得てさぐりを入れていないらしいことにも気がついた。花田が「昭和八年　一九三三　二四歳／この年、三浦義一に手紙を出し、三浦家を訪問した。同家に同居していた義一の義弟辛島紅葉は京大時代の友人であった」と削られた年譜に書かれていると「全生涯」にはあるが、この辛島紅葉という人をさがして見たのか、見ないのか、生存しているか、死亡しているかが「全生涯」では判らない。しかし、花田が九月二十三日に死亡してから後、ごく短時日で「全生涯」は書かれているから、そうした余裕がなかったとしても無理はないことだ。

　黎門よりの聞き書き（全生涯）にはこうある。

「父は福岡の中学から七高に入った。勉強はしなかった。当時の七高だからかなりバンカラで、それがいつまでも残っていたという。学校ではイタズラだったらしく、それをむこうでは〝デチン坊〟というのだそうです。退学したのかナア。祖母は、父が鹿児島大根を三、四本かついで〝ヤメタ〟といって帰ってきて、京都帝大の予科（？）に入ったといってたけど」

これを読んでわたしはこの話は信用出来ると思った。鹿児島大根というのは桜島大根のことではあるまいかと思い、京都帝大の予科というのは選科ではあるまいかと思った。一高を中退して菊池寛が入ったのも、たしか京都帝大の英文科だと思う。選科を卒業しても学士とはならない。まあ聴講生といったものであろうか。

「さまざまな戦後」の年譜を見ると、このあたりは、中学、高等学校をとばして、出生の次に、昭和四年　一九二九　二十歳／四月、京都大学文学部英文科に入学。とある。この二十歳は満年齢で、わたしは数え二十一歳とする方が判りやすい。

その次には、「昭和六年　一九三一年　二十二歳〔数え二十三歳〕／四月、小説「七」、第八回サンデー大衆文芸賞に入選。『サンデー毎日』に掲載。（ペンネーム小杉雄二）」「昭和七年　一九三二年　二十三歳〔数え二十四歳〕／京都大学卒業。」とある。

わたしが復員して鹿児島に上陸した時の感じでは鹿児島は丸焼けになっていたみたいで、七高も焼けてしまっているのかも知れないという気が今もしている。本当はどうか知らない。ところが、京都大学は焼けたりはしていない。次に、大阪の毎日新聞社の図書室にアルバイトに行っていた時期、それから「桂春団治」を書いた時期に『サンデー毎日』がギャレージの二階に保存されていることを確認している。

又、清輝の母が九州を離れて一人息子の許へ来たのがいつか、東京へ清輝が行って結婚してからだろうという推測が「全生涯」にはあるが、京都で『サンデー毎日』の賞金をもらった後かも知れないという気もしないではなかった。

そこで取りあえず、京都大学の事務と、『サンデー毎日』を見たいということになった。しかし、わたしは花田以上の出不精で、めったなことで、京都へも、大阪へも行く気にならない。

不精者には往々にして不精者でない友人、知人が居るものである。

京都には京都帝大国文科を出た伊東幹治という人物がおり、戦前の『三人』、戦後の『ＶＩＫＩＮＧ』において同人仲間である。語学の独り学びに長じて何カ国語も習得していることは花田清輝と似ているところもあり、エスペラント語を作ったザメンホフを描いた「ザメンホフ」という大長篇小説を何巻も出版し、いつ了えるとも知れない（おそらくその分量に於いてすでに、同じく『三人』の同人だった野間宏の大長篇『青年の環』をはるかにしのいでいる筈である）そういう人物がいる。その伊東幹治に電話で調査をたのんだ。

大阪には毎日新聞社図書室室長に西村保彦という人物がおり、これは戦後大阪で『ＶＩＬＬＯＮ』という同人雑誌を作った時の仲間であり、「桂春団治」をかく時に、『サンデー毎日』を棚下しすることをやってもらった人物である。（この『ＶＩＬＬＯＮ』には大学生時代の開高健も同人として居たが、何も発表はしなかった。）西村保彦には、花田が受賞した号、及びその前の原稿募集の号の、その頁のゼロックス複写を依頼したのだった。

数日して暢気な声で伊東が電話をかけてくる。

「モシモシ、行って来ました。花田清輝ありました。入っていますが、いってられたように選科でした。昭和四年はまちがいありません。六年十一月十六日付けで退学になっています。理由は授業料の滞納です。はい、英文科です。やっぱり、七高は中退でしたなあ。係の事務の人が親切でしてね、そのころ英文科の本科にいた人で、何々学院〔調べれば判るが今のとこ間に合わぬ〕の石田教授という人の電話番号おしえてくれました。それは何々〔失念している〕。それから、菅泰男に聞いても同じ英文科だから知ってるかも知れないということでした。七高の方？　それは同窓会に手紙出してみましょうか。このごろ旧制高校の同窓会活動は活潑だから。いいえ、いいえ、何でもないことです。はい、お寝み」

菅泰男はわたしより少し年下である。だから、京大英文科での花田との触れ合いはあるまい、それとも事務の人がわざわざそういうのなら何かあるのかも知れない。それで菅に電話してみたらやはり年次がちがいすぎていて知ってるわけはない。それよりと、又、菅が石田教授を教えてくれ、事務の人のことも教えてくれたが、この方はすでに終っている。石田教授の返事は、たしかに同年に京大英文科にいた、しかし、教室でそのような人に出くわした記憶が全然ない、講義がつまらなくて教室へは出てこなかったのではあるまいか、自分は精勤に行っていた方だから、花田清輝が来ていたら必ず知ったと思うけれどということであった。

さては、学校へ行っても哲学の講義の方へばかり行っていた臭いな。哲学の方は大人気で、大教室を使っていたらしいから、そこにいても大して目立ちはしなかっただろう。京大文学部哲学科などという説の出てくるのはそういう訳か。そうは思うが、確証は全くゼロである。京大の図書館へ出入りしたらしいことは彼の何かの文章にほのめかされていた記憶があるが、何であるかは、もう一度彼のものを皆読み返さねば判りはすまい。その精力はなかった。

七高同窓会よりの返事について、又何日かして伊東幹治が電話をかけて来た。

大正十五年　一九二六　四月　七高文化甲類入学　数え十八歳

昭和三年　一九二八　三月二十八日　中途退学（二年留年）　数え二十歳

どうやら、二年生を二度やって、三年へ上れそうもなくて中退せざるを得なくなったらしい。よほど学校を怠けたものとみえる。学校通いがあほくさかったのであろう。黎門が祖母から聞いたという話はやはり信用度が高いとしなくてはならぬようだ。

『サンデー毎日』の複写もやがて着いた。

募集の方は「謝礼一千五百円／大衆文芸／第八回寄稿募集」と上欄に右より横書きになっており、五篇が入選で賞金各三百円、四百字詰原稿用紙約五十枚、締切昭和六年一月卅一日限り、選者大阪毎日新聞社編集局などとある。残念なことにそこだけ切り抜いて送って来たので、これが何年何月何日付の号か判らないがまあいいだろう。

入選発表のあったのは『サンデー毎日』の昭和六年四月五日号で、花田のは「七　京都市北白川久保田町四五、吉村方／〔筆名〕小杉雄二」とあるのがそれであった。千葉亀雄の選評の花田の部分は次のようなものであった。

「七」は、このごろの文壇には、一寸見当《あ》たらない程度のクラシックな、クラシックらしい端正と凝りに凝ったしっとりした重苦しさを備えている。どこか、ドイツの奇怪小説でも読む感触だが、それでいて芸術的な、滑らかな技巧で一貫され、最後になっての解決が意想外に出た巧さも、すべて珍しい作物だ。〔旧仮名づかいは新仮名づかいに改めた」

ははあ、そんなところに下宿していたのかという気がした。賞金三百円とは学生にとって大金である。それをどういう風に使ったか、一向に判らぬ。この大金を得たその年の十一月に授業料滞納で除籍されているのも一種の不思議さがある。その頃には東京へ走っていて、京都にはいなかったのかも知れない。

しかし、北白川久保田町とは北白川電停の近く、京大よりすぐである。一体どんな家に下宿していたのか、行って見て、もしその頃の老人がその家に生き残っていたりしたら、これはもうけものというものだとわたしは思った。そうすれば、花田の京都での生活振りがうかがえるかも知れない。

事にまぎれて、二月ほどそのまま放りっぱなしにしていたが、決着をつけたくなって、京都の大槻鉄男に電話をする。彼は大学教授だから暇もあるだろう。それに好奇心がつよい。以前、竹久夢二と大へん親しくしていた清水という京都の印刷屋の遺族をさがしてもらった時、その姓が別の姓になっている娘さんを見事に一発で見つけてくれたことがある。探し方にねばりと共に論理的なところがあるわけだ。

翌日、早くも大槻から電話で返事があった。

「まず区役所へ行って調べて見ました。たしかにその家はあります。番地は少し違っていましたけれど、そこにお婆さんがやっぱりおりました」

お婆さんがわざわざ話に出て来るのは、婆さんの細々した記憶というものを頼りにしているところがわたしにあるからだ。昔のことを訊ねるには爺さんより婆さんの方が大抵良い。お婆さんがおったということで、わたしは占めたと思った。ところが、占めたとは行かなかった。大槻はその家が戦後、改築されたらしく、アパートみたいなものになっていること、しかし、昔はたしかに学生を下宿させていたことを説明したが、「しかし、昭和六年の頃、花田清輝さんという京大の学生さんが居たという記憶は全然ないといっています。ひょっとしたら忘れてしまったのかも知れへんけれど、居なかったように思ういうんです。その頃のその花田という京大の学生さんの写真をもって来て見せてもろたら思い出すかも知れんというのですが、花田のその頃の写真お手許にありませんか。ありましたら又行って見せてみますけれど」

「ないなあ。見たこともない。『映画芸術』の表紙に若い頃の花田らしい写真があるけれど、背広きてネクタイしめているから、ずっと後のころのやろうなあ。京都で貧乏していたことなど書いているから、写真などとったりしていないかも知れん」

「それで京都時代、花田という人は何をしていたんでしょうねえ、大学へも余り行ってないらしいし」

「哲学の面白い講義だけきいて、あとは新京極へ行って映画の梯子をやっていたのと違うかと想像してるんやけど」

「そう書いてありますか」

「読んだことないけど、そんなことやないかと想像しているだけや。あいつは酒はのまんし、女も買わん。とすると活動写真より仕方ないやろな。映画館へ行くのは一番安くて、一番長時間たのしめることになるやろから」

「それはそうでしょうな。女郎屋へも行かなんだんでしょうかね」

「そんな気がするな。も一つ疑っているのはギリシャ語を習ったのではないかということやけど、これも想像だけでどうにもならん」

「あいまいもことしてますなあ」

「まあ、あいまいもこ。彼自身あいまいもこ好みらしいからなあ。お手数かけて済まなんだ。ありがとう」

「いいえ。又、調べることがあったら、遠慮なくいって下さい。僕、こんな調べごと好きですから」

そういう会話をしながら、そのお婆さんに花田が使ったペンネームの小杉雄二をもち出してみても良かったなと思った。花田のその頃の写真なら、或いは京大文学部の事務所に保管されている可能性があるなとも思った。又、そこにある花田関係の書類をもう少し詳しく見れば、少くとも選科へ入った時の、現住所、また退学した時の現住所、つまり花田の下宿がはっきりするだろうなとも思った。多分、それらの写真、書類をゼロックスで複写することも、親切な事務員らしいから、京大文学部出身の伊東幹治や大槻鉄男に行って頼んでもらえば可能であろうという気がした。京大の教授である菅泰男に頼めば尚更容易かも知れぬ。そう思ったが、これ以上、厄介かける気も起らぬのだった。

　北白川久保田町か。おれは、道一つへだてて接している北白川西町に下宿していたぞ。そこは下が食堂で、二階が下宿で、沢山学生がいた。はて、昭和六年はと年をくってみると、その年の九月からわたしは西町の下宿に入り関西予備校へ通っていた。とすると、あるいは花田清輝と北白川あたりのどこかで、すれちがっていたかも知れないのだ。しかし、二十三歳の花田の顔は思い浮べようも今はない。全く、霧の中の思案といったところで、しばらく立ちどまっているより仕方ないのだ。

Ⅳ

少年と老人の間

青春といった時期が、わたしにはなかったような気がしてならない。よそ目には青春であったかも知れないが、自分の目から見ると一向に若々しくもなく、弾んだところもなく、少年から大人へ一足飛びにつながったように思えた。だから、世間を知る期間なしに大人になったみたいで、この世に不安ばかり覚えていたようである。人間は金もうけをして食って行かねばならぬということにも全く不案内であった。三十すぎてから、わたしはやっと、そのことに納得が行きかけたのだった。アホらしくて、ものも言えない。

昭和初年、円本の日本文学全集はすでにこの世に出ていたが、わたしの父は勤先にそれを置いて、家庭へは持ち帰らなかった。つまり、中学生のわたしが小説をよみふけることは勉強の妨げにもなり、又不良化する恐れがあるといったところだろう。小説を読むのは不良化のもとというような考え方をする人は随分いた。学校当局としても、そのような考えの所が一般みたいであった。そういう考え方をする人に限って、小説は読まない。小説の魅力がわからない。勤先に蔵してあった日本文学全集をわたしの父は一冊も読み通さなかっただろうと思う。

そうした面白くもない父とは多く話したこともなく、何一つ人生について教えられることもなかった。といって反抗してグレて行くのには、わたしは勇気にも乏しく無鉄砲でもなかった。それで、中学校の上に高等学校があると知ったのは、中学四年生の終りごろという珍妙な世間知らずの人間が出来上った。他の点においても著しく世間知らずであった筈だ。父自体が世間知らずの、馬鹿正直の、馬鹿マジメの人間であったのだから、その絶対支配下にあってはどうにもならぬ。わたしは年齢よりずっとおくれた世間知しか持っていなかった。人生について考えるにも、その手段が目ざめていなかった。この世はあいまいにしか、わたしの目に映っておらず、わたしは自分の将来について何かを考えるということもしなかった。

高等学校の存在を知ってから、高等学校へ行かねばならぬような気がしたが、入ったのは浪人一年の後であった。しかし、その浪人時代の何月かを、京都に下宿して予備校通いをしたのが、何かの変化をわたしに与えた。隣家の息子が京大に通っており、彼とわたしは下宿の同じ室で生活したのだが、この京大生は文学好きであり、ゲーテや、芥川龍之介をわたしに教えた。奇妙なことにわたしが一番はじめに好んで読んだのはゲーテの『ファウスト』のしかも第二部であったことだ。京大生の殊に愛好した『ヘルマンとドロテア』とか、『若きウェルテルの悩み』などに感動したことはない。

三高へ入学すると、わたしに、とにかく父からの独立と自由がおとずれて来て、これから輝かしい青春になるわけだが、輝かしくも、青春らしくもなかった。浪人の一年間が、わたしをうんざりさせており、今の大学留年学生のおちいっているような心境に入っていたらしい。おまけにそのころは世の中がきゅうくつで、面白いことが少なかった。トーキーを見ること、コーヒーをのむこと位が、わたしの楽しみであった。酒をのみ女を買うにしては、同じ高校生といっても、わたしは貧乏すぎた。そして、アルバイトしてその金をかせぐというような才覚には、わたしの精神は幼なすぎて、中々辿りつけないのだった。文学だけが、わたしの魂の中にどっかりと腰をすえたが、そのために、わたしは不安で混乱してくるだけだった。同級生の好んでいう天下の三高生などという自負の念はどういうわけか、わたしの中に一向に湧き上がってこないのだった。その上、わたしは三高理科に入って一週間位で病気になり入院、それから休学、その次の年に退学し、今度は三高文科を受けて入学し、今度は落第、そして次の年に再び退学した。理科で二回、文科で二回、一年生をやったわけで、その間、疏水のそばで蝮《まむし》にかまれたが、それが又、学期試験の前日といった次第であった。楽しい高等学校生活などというものを、だから、わたしは全然知らず、不愉快な学校生活なら大いに知っているわけになる。全くシマラナイことおびただしい。

三高時代にわたしのしたことといえば、詩を作ったこと、同人雑誌『三人』を作ったこと、コーヒーばかりのんでいて不眠症になやまされたこと、勉強をしなかったこと、珍妙な失恋を二回したこと、得恋は一回もなかったこと、失恋してから物忘れがきつくなったこと、たえず神経衰弱をし、たえず貧乏であり、しかも非政治的であり、思い切った行動派的なところの少しもない生活をしたこと位のものだろう。自分の目でみると、全く面白くないつまらない青春というしかない。華々しいところなど、これから先もない。ただ、つまらないばかりであった。おまけに、文芸雑誌など買って読むこともなかったから、そのころの日本文壇について今尚、余り知っていない位である。

世間の移り行きも、じめじめと暗い方、窮屈な方へ傾いて行った年代であるが、それでも青春には自ら輝くものがある。しかし、わたしの青春が一向輝かなかったのは、世間の外に、わたしの青春の方により強力な原因があるような気がする。全く心弾まぬものがわたしの青春を満していたわけで、つまりは青春なしと同じことだ。少年から老年がつぎ木されたようなわたしの半生は、三十代はじめ戦場に二年ほどいったことで、逆に三十代あたりから、ほんのかすかに青春がチラツいたかと思われる時もあった。政治的関心もそのころから起こった。何ともオクテな話である。しかし、非行動的であることは今もかわらず、組織に属するのを好まぬことも、かわらない。

わたしの子供は今、大学、高校、中学に一人ずつ通っているが、喜々として学校へ行き、学校生活を楽しんでいる。それを見て、わたしは時々、彼らが不思議でたまらないことがある。わたしの青春が全然青春でなかったために、彼らの青春をわかる感覚がわたしにないのかも知れない。またわたしはわたしの父のように子供の自由を制圧しないから、彼らがそうであるのかも知れない。

なまけ親父

世の中が性急になって行くばかり（特に日本は）なので、性急であることが日に日に厭になって来ている。ゆっくりとしていたい。

利のあるところに人がすべて殺到するようなので、利を考えることが日に日に厭になって来ている。なるべく利の薄い方へ廻りたいという気がしている。

しかし七人家族の支え手であるから、そうばかりも言っておれない。時に性急であらねばならず、時に利をあさらねばならぬ。女房と二人暮らしならダシジャコと沢庵と米とを食ってでもいいから暢気にやれようにと思うが、すでに両親があり、育ちざかりの子供がおるのだから、それを振り捨てるわけにはゆかぬ。時に性急になり、時に利をあさる。そして全くつまらんなと思っている。

支えるということは家族の生活の心棒であることであり、辛抱そのものでもある。俸給生活者ではなく、客の乗ってくれるのを待つタクシーの運転手のように不安定な原稿生活者であるから、心棒の方も、辛抱の方もはなはだ危い。女房が神経質であっては勤まることではない。しかし、夫婦生活のほぼ初期からそのようなことであったから、女房には馴れが出来ていて余りあわてない。それで何とかこちらもあわてずにゆけるようなものだ。

　こういう場合、病いというものが一番恐ろしい。すべてを底から崩して行くことになる。そこで、あなたの健康法は、ということになる。

　歩くのがよい、一日少なくとも半時間なり一時間なりせっせと歩け、と人はいう。ずっと以前、高等学校で国文法をならった先生が、まるで飛鳥のような早足で、京都の盛り場の新京極をとっとと歩いて行くのを見たことがある。この先生は胃腸が悪いので、その療法に早足散歩をしているのだった。学校の先生だから、座りっぱなしのわたしなどより運動はしている筈だが、それでもこうだった。しかし、座り仕事のわたしは一向に散歩しない。田舎道の自動車はこわいぞ、はねられては何にもならんとわたしはいう。

　健康法は何もしておらんのかと人は心配してくれる。

　草木の緑をみていると、目を通して体の調子が良くなるように思う。せっせと文字を書いていると、わたしのは万年ペンを紙にぶつけるような力のいる書き方だから、結局はヘソにまでひびいて、消化系統に良い影響があるみたいだぞ。線の太い感じのする良書を読むと、精神から体にひびいて、これもたしかに体にいいようだ。例えば狩野直喜とか、桑原隲蔵とか、内藤湖南とか、モンテーニュとか。ここらあたりで、訊ねている人はいやになるらしい。タバコをもっと控えた方がいいぞ、深酒はよせよ、ウィスキーのガブのみはいかんぞ、そんなことしていると長生きは出来ないぞ。

いや、結構。余り長生きはしたいとは思わん。タバコとウィスキーは唯一のわたしの生活のアクセントである。そのほかに余り欲望はない。強いていえば、もう少し広い家に住めて、本の背中がみな読めるように並べることの出来る本棚と、その場所があったらなと思うぐらいのことだ。

心配の種がないみたいだな、と人はいう。種はないわけはない。しかし大抵のことは、心配して良くなるわけでもなく、心配しなくて必ず悪くなるわけでもあるまい。

子供の将来についてはどうだと鬼の首をとったように勢いづいて人はいう。どうだ、どうだ。

それぞれに大人になったら生きて行くだろう。そして離れて独立するだろう。離れてくれるのは、まあ、楽しみ。

いつものこと——八方ふさがり

物心ついてからずっと、八方ふさがりはいつものことだ。年をとってくると、見える部分がひろくなってくるが、八方ふさがりの見え方もひろくなって来る。生れてから死ぬまで八方ふさがりなので、死ぬということは八方ふさがりが一挙に無くなるということではないかと思うようになりつつある。生きているということは八方ふさがりの真ん中にいるということだ。八方ふさがりであるからこそ、みずからの力の及ぶかぎり位のことは行為し、行動しなくてはならない。

そもそも、呼吸しなくては死ぬということが第一の八方ふさがり、八方をふさいで、むりにもやりにも、呼吸しなくては仕方がないように、強制されているみたいなものだ。第二にものを飲み食いせねばならぬのに、廃物がたまったら排出せねばならぬように、生き物の体はなっている。その体の中に、生れる前から封じこまれているのだから、生れる前からその点でも八方ふさがりになっている訳である。その上、人間は複雑になったから、生殖行為にまで感情をくっつけねばならない。その感情というやつが又々強力で厄介で、これもまたこっちを封じこめている。人間は社会を作り、その仕組みを相当以上に頑丈に作ってしまってどうにもならぬから、社会そのものが八方ふさがりとして立ちふさがる。

そして、科学というようなものまで、考え、組み上げてしまって、工業生産というところまで持ってゆき、生物としての人間にはとても消化しきれない、つまりは対処するのに今までの肉体の機構ではどうにもならぬような物質を、地中、海中、空中よりひっぱり出して、そこらへばらまくから、それも又、物量的にも、質的にも、八方ふさがりとして封じこめて来ており、逆もどりはまあ不可能であろう。

こうなって来れば、人間は八方ふさがりになってしまったと悲しみなげくよりも、八方ふさがり即ち人間と考えた方が、そう覚悟をきめた方がいっそ気楽でもあるし、行動の自由（気分的）もあるのではあるまいか。

まあそのようにして思おうとし、うまく思えた時に、何か仕事をしているというのが、わたしの一生みたいな気がしている。それでは余り悲しいではないかとも思わない。そうなっているからそうあるより外あるまいと思っている。これはあきらめというものでもない。むしろ気楽というものである。

八方ふさがりになっているのだから、余り大きなことを考えたり、志したりしない。自身の能力を超えた仕事を自惚れ強くも背負いこみ、自分がつぶれるのはかまわぬが、他人もひっぱりこんで他人をつぶしたり、傷けたりすることは御免だと思っているということである。そういう自惚れにおちいらぬように、これは自分に向って厳しくありたいと思っている。出来ることだけして、出来ぬことはしたくない。食うのも腹八分目がいいのなら、思想も行動も腹八分目がいいだろうと思っている。従って、他人にもその位のことしか望まないから、他人に厳しくあることはこれも御免である。今は自分に厳しくなくて、他人に向っては重箱の隅をせせり、言葉尻をつかみ、まるで検事と裁判官と獄吏を兼業しているような正義の味方が世の中に多すぎて、ために世はギスギスしているように思われる。一ことでいえば、甘えたの幼児どまりの、教育ある、つべこべ理屈はいうこと位はできる大人が余りに満ち満ちている気がする。その仲間入りは、せめてものこと、御免こうむりたい。

　八方ふさがりを、自惚れによって、粉砕してやろうとすることは、牛に負けぬ気でふくれ上ろうとし、パチンと腹がさけてしまうお伽話の蛙の親のしたことと、よく似ている。有名も結構、金持も結構、何もかもそれは結構で、いいことらしいが、あの世まで持って行くわけには行くまいし、自分の能力を有名や金や権力から自惚れて、おれは八方ふさがりではないぞ、この素晴らしさを見よといわれても、一向にそれを素晴らしいと見るわけには行かぬ。自分ひとり、あるいはそういう価値観をもっているお仲間うちで、威張ったり、羨望したり、烏合したり、嫉妬したり、悪口ついたり、崇拝したり、憎悪したりしている姿はいつでも見られるが、そのお仲間に加わることはまっぴら御免というところだ。人間一匹、いくらふくれ上ってみても、やはり小さいよと思っている。なるべく気楽に八方ふさがりの中におればよい。

目下ぼんやり中

目下ごく多忙で、そのくせごくぼんやりしている。全く不思議である。ごく多忙というのは、ごくぼんやりしていることが多いために、仕事がつまってくるためで、一々きちんきちんと片づけていたら、つまってくることはなく、多忙とも感じないだろう。

ところが、実はそればかりでなく、還暦をすぎるとかえって何か好奇心みたいなものが無責任にふえたらしく、何かと新しい事柄を自分の生活にひっぱりこんでいるらしい。それはきちきちと片づかぬ大事が多くて、頭の中でもやもやする。そのもやもやがはなはだ多忙の気分をあおり立てているようでもある。

あれもこれも思い立つくせに、そのあれもこれも、きびきびと片づけることが出来ない。やはりおれは老年に入ったらしいなと思わざるを得ない。老人というものはこの世に飽いて、ゆっくりとこの世を送るものだと考えていたのは、とんでもない思いちがいであったらしい。逆に心せく思いがあって、あれもこれもと思い、そのあれもこれもに追い立てられ、押しつけられる。これは当てが外れたぞと思うが、今更そうなってはどうにもならぬ。

八十五歳であったわたしの父は、どうしてもしなければならぬことが残っているから、どうぞもう三年生き伸びさせて下さいと、医者の前に両手をついて平伏して頼んだが、死期の近いことを知っている医者はまことに困惑して、何もいうことが出来なかった。しかし、もう三年生き伸びさせることが出来ても、その三年の終りには、やはりもう三年生き伸びなければ仕終《しおお》せぬという新しい事を父は生活の中に取り込むことだろうと、わたしは思った。何年生き伸びても、老年になればなるほど、どうやら仕事が取り込まれてくるものらしい。豊臣秀吉の晩年などにも、そのような仕事の取り込みすぎと焦燥が見られて哀れである。そこで、頭がぼけるとか、死がやって来て、その老人の苦を取り去ってくれるらしい。父もそれから一月もたたぬのに、仕事のことは忘れてしまって、ぼくは幸福だといいつづけて、やがて死んでしまった。

わたしもそれらの老人のように、どうも仕事を取り込みすぎるのではないかと考え、それら文字のことをすべて放擲《ほうてき》して、絵を描いていたらどれだけすっきりするかと思うことが度々ある。

しかし、気づいて見ればこれもすべて放擲どころか、もう一つ余分に絵というものを取り込んで行くのにすぎぬのではないか。そう思うと全くぞっとする。

文字のこと、文章を売ることによってこの世に生きることはこれまで仕馴れて来たことであるが、絵を描くということはともかく、その描いた絵を売って生活するとなると、これはこれまで経験したことのないことを新しくはじめようとすることに外ならない。二回ほど個展をしていくらか絵を売ったことはあるが、そのようなことでわたしの生活が成り立とうとはどうも信じ難い。

画商も知らずそのようなことが出来るだろうか。出版社あるいは編集者というものについては二十年程の経験で幾分納得の行くところがある。しかし、画商というものについては全然無知であり、又、あなたの画を買いたいといって来た画商も皆無である。わたしの画をひとつ買ってくれませんかと画商の間に画を見せて歩くなどということは、今の何のことも億劫になったわたしの出来ることではない。第一、京都、大阪へ出て行くことにすら物憂さを感じる始末ではないか。

そう思うと、やはり絵など思いつくというのも、仕事の取り込みの上乗せでしかない。自分がそうなると、滑稽で仕方なくなる。やはり、目下多忙にして目下ぼんやり中か。

老齢人生

　昭和四十七年（一九七二）、わたしが数え六十歳の年の二月二十日だろうと思われるが、「大歩危」という小さな俳句雑誌を主宰していた（といって、これは収入をもたらすというよりは些細な恩給からの持ち出しによってかろうじて月刊を保っていたと思われる）老父憲郎先生は誕生日の一、二杯の酒にいい気分になり、わが家では恒例の鯛の塩焼き、赤飯を前にして、陶然としてわたしに言った。

　わしが九十歳になったら、お前は何歳になっているだろうな。

　老父にとっては、長寿はめでたい、祝うべき、そして若い者にとってうらやむべきことがらであった（信じていた）ので、毎年の誕生日にはだれかから贈られた長寿盃というのを持ち出して来て、女房やわたしや、わたしの女房や、孫たちに一杯のませたがった。長寿すぎることは余りよくない（文化大革命をはじめた毛沢東にすらそれを感じていた）と思いはじめていた素直ならざる息子のわたしは、その数年前から、この長寿盃の一杯をいただくことは拒否していたが、老父の方は老人ののんきさで余り気にもしていなかったかも知れない。文句いわずにちょっとだけ受けてくれたらいいのにと内心寂しがっていたかも知れないが、わたしの方には受けることに大へん抵抗があったのだから仕方がない。

その年、父は数え八十四歳であって、米寿はもう手のとどくところ、米寿記念の第二句集の準備も毎日やっていることだし、という気分で、米寿をとびこえ、その二年あと（これも簡単に到達出来るだろうと思っていたと思う）の九十歳が口に出たのだろう。

六十歳ですら、おれは生きすぎたという気分がしており、しかし、老父母、女房、子供三人はとにかく支えて行かねばならんから生きているだけだと辛抱しているつもりのわたしの方は、この楽し気な老父の放言にぎょっとし、瞬間に何をいいよるかと、キッとしてしまったらしい。

あんた、わしは来年還暦やで。あんたの九十は、わしの六十六や。いつまで生きてたらあんたは気がすむんや。

祝いの座が白け、わたしも白け、老父は石にでもつまずいたようにギョッとして、息をのんだ。ちとかわいそうでもあったが、七十近くになって老父の葬式をやらねばならぬとしたら、その重みはおそらく耐えがたかろう。とすればわたし自身もかわいそうでないこともない。

次の年のはじめ、寒い日に、こちらがとめるのに、句会で死んだら本望じゃなど、老いの一徹ぶりを発揮して大阪へ出かけ、志を一徹して寒い（と思う）会場で倒れ、二人の人の肩をかりて家まで帰って来た。そのまま、たつことが出来ず寝ていた。が突然起きて、医者に両手をついて、もう三年生かしておいて下さい、するべき仕事があるのですと懇願し、医者は困惑の極みに達した。ついに、入院する。本人は以前自分が事務長をしていた病院の、しかも建ったばかりの新館で、医者、看護婦、事務の連中に顔みしりが多くて、大へん楽しい生活であったらしいが、看護についた老母と女房はくたくたになった。

　老父は愉快に（楽天の権化みたいになった）ベッドの上でくらし、見舞いにくるものには抱きついてよろこび、やがて新館の死者第一号となって楽になったが、後に、フラフラになった老母と女房とを残し、このフラフラの次にこの二人の入院があり手術があり、退院して二人が家で枕を並べてねているということにもなり、翌年、老母は死亡したが、その葬式に女房の方は参列すら出来なかった。

　というようなことを思うと、平均年齢が上がる上がるとよろこんでもおれず、物価が上がる上がると似ているなあとも思う。先がこわいし、これを支えねばならぬ若い連中はかわいそうという気が大いにする。老人医学のほうも、こんなつもりじゃなかったがと思うこともあるかも知れん。全くむつかしいねえ、この世は。

今年の正月、年賀状の間にまじって、こんな葉書が来た。

移転のお知らせ

私、このたび俗に言う「あの世」に移転いたしました。しかし私はあの世とか霊とかの存在を全く信じませんでしたので絶対の無のなかに消滅したのです。もうお逢いすることも通信することもできません。生前はいろいろお世話になりました。まして、わがままで独善的な私をあたたかいお心でお付合い下さいましたあなたに限りない感謝をお送りいたします。誠にありがとうございました。では永久にさようなら。

１９７９年12月31日

埴原一亟

近ごろは知られていなかったが、大へんうまい小説家であった。昭和十五年、第十二回芥川賞候補、十六年、第十三回芥川賞候補、十七年、第十六回芥川賞候補となっている。

今だったら大変なことだったろう。

享年七十二歳。老いもさまざま。さて、わが老齢人生は。苦か楽かよく判らん。

何もせんぞ

二月半ほど前から、急に来客がふえて来たような気がする。そこへ、女房が入院してしまっておる。息子は広島から転勤で大阪へ帰って来て家に住んでいるが、使いごろの若い新聞記者なので、出て行く時間は八時ごろと一定しているが、帰宅する時間となると、社会部記者の常で、一向に判らない。十一時ごろ帰って来たらいい方で、午前四時などということも屢々《しばしば》ある。宿直もよくやる。飯をくって帰ってくるか、くわずに帰って来て腹をへらして来て、食いたがるか、これが見当もつかない。従って、夕飯をどれだけ炊いておいたらよいか、菜は作っておいたらよいかいらぬか予定がたたないが、とにかく用意しておかねばならない。小型ゴミ、大型ゴミは規定の日時に出しておかねばならない。

何もせんぞという精神がぐらぐらして、はなはだ精神に悪い。来客には茶を出すのも大変なので、ついウィスキーを出す。出すと自分ものみ、ついのみすぎる。客が若いためであるが、こっちも自分が老人であることをつい忘れているからである。のみすぎて、客がもって来た用件を、大てい次の日は忘れてしまっている。この傾向はますますつよくなって行っていることをひしひし感じるようになって来ているが、忘れてしまっていても、又電話をかけてこられたら、連日の酔いくたびれの後でも、体力をふるい起こして約束を果すより仕方がない。何もせんぞと、きばってみても、どうにもならぬ。段々老いの不機嫌がつのって来るようで、大分生きているのが面倒になっているが、面倒ではすまない。

何もせんぞと思いつつ、何かをせねばならないぐらい厭なことはないが、何かをせねばならないことが、どうしてこう近頃ふえて来るのか、これは世間の都合だから仕方がないことで、世間に抗することは出来ない。まことに情けないことになってきたと思うが、何かしているからこそ飯がくえるのだから、感謝すべきことかも知れない。何かしていないと食えないような財産のない生活をやって来たのだから仕方がないと、今更らくやんでも何ともならない。

そのくせ気がついてみると、来客相手にウイスキーをのみながら、機嫌よく喋っているうちに、つい仕事を引き受けているらしいので、「わが酔いのつたなさに泣け」と自分を叱ってみてもどうにもならない。うかうか、みずから仕事をふやしているみたいである。これではどうにもならぬ。

老いたら気が良くなりすぎるのかも知れないが、ウイスキーの酔いのどまんなかでそうなるのは多分いたし方もないことだろう。

物忘れのはげしくなるのにも呆れる。こないだ十日ぐらい前にきた新聞記者の顔を忘れていて恥をかいた。思わぬ訪客が来たので、びっくりしたら、今日来てもよいと電話でわたしが言ったから来たのだという。これも呆れかえって、恥をかいた。つい数日前のことだ。自分を怪しむより仕方ない。かく、老ゆる。

長生きされて幸せか、不幸せか

長生きは幸せか、不幸か、それは長生きする人の周囲の状況にまずよるだろう。その状況はさまざまで、自然により、民族により、社会により、客観的に多種多様で一口に何ともいいがたい。

客観的に多種多様であるのにおとらず、その長生きびとの主観も多種多様で、同じ客観的状況の中でも、人それぞれの思いようがある。客観的に見ればもうろく人間は不幸せで、汚らしくあるだろう。

ところで、有吉佐和子の『恍惚《こうこつ》の人』などよんでいると、恍惚老人が大便所で便器を必死になって引き抜き、頭上高々とかかげるところがある。客観的には（時に家族にとって）やりきれない汚らしい迷惑なことであろうが、さてその恍惚老人にとっては、この便器ひき抜き成功は、「やったぞ！」というわけで、幸福感が満身にみなぎったということではなかったかという気がする。全く幸せに相違ない。ただし、長生きして、こんなことが出来て幸せだと、そういうふうに思ったかどうかは分らない。案外、思っているかも知れない。

長生きは幸せかということは、こうなると長生きは本人にとって幸せか、周囲の人（たいていは家族ということになる、でなければ病院の人間、老人ホームの人間その他になろう）にとって幸せかという二つの面がある。この問題ははなはだ厄介だ。

長生きして幸せか、不幸せか。長生きされて幸せか、不幸せか。

金と年とは溜《たま》れば溜るほど汚くなる人もある。溜ってうんざりする人もある。人それぞれで簡単にはいえない。

生きとうもないのに、体が死によらんのではなはだ迷惑しているという人もある。シシババとられるようになって生きているのはやり切れんなあ、さりとて、ポックリ寺へお参りしても、シシババとられずにポックリ死ぬとは思えんしな、いやになったら、ビルの上からでも飛ぶか、ガス自殺でもやるか、首でもくくるか、それも家族には迷惑やろしなあ、それでしゃあないさかいに生きてるんや、という人もあるだろう。

わたしは長生きしそうだといってくれる人が多いが、そのわたしにとって、長生きは幸せか。一般論ではなく、あなた自身の問題として、いかがでござると問われると、はなはだ難渋しそうだ。

それは幸せか、幸せでないか、どう感じるかは分らんが、思い切り長生きしたら、幸せとも不幸せとも、そもそもそんなことは考えもしないのではあるまいか。幸とか不幸とか、どうでもええやんかという予想がわたしにはある。

外から、他の人が観察して、幸せらしい、不幸せらしいと思うことはあるだろうが、当人がそれを幸せと思っているか、思っていないかそれは分らない。

清水寺の百歳こえた老和尚が、弟子どもにかかえられるように出て来て、説法をやるところや、歯の一本もない百歳をこえた最長老老人が、のんきな社会批評をやるところを、楽しいゆったりした愛情こもった気分でテレビでながめていると、これだけ周囲から十分行き届いた世話を受け、やさしい言葉や尊敬の念でとりまかれている人々にとっては、長生きは主観的にも客観的にも幸せかも知れないと思う。ただし、こういう行きとどいた世話を受けられる人はよほど高貴か、よほど人気男か、看板男であるかでないとだめであろうと思う。

年寄りにとって長寿はすこぶる誇らしいことらしいということは、うちのひいばあさんがボケて街角の邸の石がきにもたれ、通る人におばあさんはおいくつ？　ときかれると、大よろこびだったのを見たことがあるからだ。しかし、彼女は遠い故郷の人と錯覚して答えていたのかも知れない。長生きは幸せか？

どうでもええやんか。

ジジババ合戦、最後の逆転

今から八十年ほど昔、明治三十年代のころと思うが、勝海舟（麟太郎）未亡人たみという人が八十くらいで死ぬ時に、遺言した。その遺言が勝気な深川芸者出身であったその人らしく、水ぎわ立ってサッソウとしていて、大分前に何かの本で読んだのだが、いまだに忘れることがない。彼女は勝に嫁入るときは、幕臣の養女として来ている。勝は旗本だから、こういう風にするのが例であったらしい。

未亡人たみは自分の骨は麟太郎の墓に一緒に入れてもらいたくない、数年前に死んだ温良で立派であった長男の小鹿の墓に入れてもらいたいとキッパリしたことを遺言とした。五十年近く、海舟享年七十七まで一緒に暮らして来た夫の麟太郎に対する猛烈な怨《うら》みと軽蔑の念がここに噴出して実にあざやかであった。御立派！　とわたしは感嘆した。

麟太郎はたみ以外の何人かの女に子を産ませている。まあ、それくらいはそのころの風俗として（今でも内々はそうだが）珍しくもない。しかし、海舟の座談などをよむと、老人海舟は自分の家の女中（実に美しい衣装をつけさせたのが行儀見習いに来て沢山いた）には全部手をつけてあるんだと、客に向かって自慢しているのである。まるで行儀を教えてやったみたいだ。そのことがたみに判らぬはずはない。たみは武士の妻として知らぬ顔をしていただけだろう。

　また、海舟はコッケイ話めいた自慢話も客に向かってやっている。

そうした女中たちの中に、海舟の子をはらんだのがあり、さすがに海舟はあわてた。腹はずんずんふくらむし、ごまかしようもない。そこで親を呼び出して、年がいもないことをして相済まぬと、さすがに頭を下げてあやまったんだという。

　ところが、親は少しもさわがず、いや、そうあやまられるには及びません。こちらは勝先生のごとき英雄の種がいただきたく娘を奉公に上げたのでありますから、これでバンバンザイなので、ありがとうございましたと、真顔で感謝した。

「これには、いかなおれも参ったよ」

　と海舟ははなはだうれし気であったのだから、たみが、こいつバッカであるまいかと、亭主を腹の底で侮蔑して、平然として顔に感情は出さない。嫉妬《しっと》のこころをおしころしというような程度のものではあるまい。もっと冷然たる侮蔑のこころである。

　こんな奴に墓に入ってまで仕えてたまるかというのが、彼女の遺言の本音であろう。てんで亭主を問題にしていないわけだ。海舟は思いもかけず、最後に、見事振られた形になる。

それから八十年、その水脈が現代日本にあざやかに噴き出して来て、子供が独立し、老夫婦のみのシワクチャ核家族になると、たちまちばあさんがじいさん相手に離婚を申し立て、成功してじいさんの財産を半分とり上げ、さっさと家を出てしまうのが大いに流行して来た。

たみのころから近ごろまでの長い年月、それは怨みと冷淡な侮蔑でしかなかったが、今やそれは現在の民法を武器にしてのハッキリしたじいさんへの戦闘どころか、成功まちがいなしの復讐《ふくしゅう》となった。

ばあさんはひとりでも生きられる、一生、生活技術をみがいて来たからだ。

ところが、金をもうけてくる以外、家庭の生活技術をみがいてこなかった衣も食も全くといっていい程あつかえぬじいさんは子供同然で何も出来ない。着ることも、食うことも出来ない。おまけに金も半分とり上げられたとなると、心細さによよと泣くより仕方がない。面白いね、これ。

人間界を卒業した凄み

若いころ、四国の人里離れた山中を歩いていて、背中の曲がった杖《つえ》をついてよちよちというより、よろよろといった感じで歩いている老婆に出くわし、そのもうこの世と関係ないわとまったく無関心であるような姿に、何ともいえぬ妖《よう》気、凄《すご》み、こわさを感じて、足もすくむ思いがしたことがある。

また、同じように山中の街道を仲間と歩いていて、こっちは若かったから、さっさと小さい老婆を追い越して歩いて行ったことがあった。この老婆は、この世に関係ないわという風に、人間たちを切り放ったような気味悪いところはなく、人まじわりがまだまだ好きであるような素朴な陽気さで、若いもんは元気じゃのうなどと声をかけて、こちらに追い越されてずっと後の方になってしまう。しかし眺めてみると、せかずあせらず自分のペースでえっちらおっちら歩いている。

時間がたって、こちらが道端で腰を下ろしていると、小さな婆さんはいつのまにやらやって来て、一声かけると、休みもせずに短い足、曲がった腰で歩いて行く。しばらく行ってまた追いぬく。若い衆《しゅ》は元気じゃのうと、平然とばあさんは追いぬかれる。二時間ほど歩いて、こちらは足がいたくなり休憩がながくなると、とこりとこりとまた、ばあさんが通過する。

一本道なのに、そのあとはばあさんに追いつくことすら出来なくなった。若い衆は元気なだけで、足はだめじゃのうとばあさんは笑って歩いていただろうと思う。陽気であるけれど、このばあさんも、あとで思いかえすと、段々こわくなって来たものだ。

そうしたばあさんとほぼ同じ年齢にわたしも達して来ているが、このじいさんはあのばあさんたちのように凄いか、こわいか。とてもとても及びもつかぬという気がする。山歩きがというのかといえば、そういう歩行のはなしではない。それでは何か、といわれても何かというのがむつかしい。

自分が老人になったくせに、としよりはこわいとまだ思っているのも変なものだが、やっぱりこわい。眺めていると、不可解な気がするのである。どこが？　そのおつむの中がである。

モウロク、恍惚の人などといわれて、頭がだめになってしまっている人、おかしな行動をする老人のおつむの中に、ひょっとするとどこかちゃんと醒《さ》めているところがあって、おかしなことをいい、おかしなことをし、または何一つわからないでおりながら、実はその一皮下は澄みわたっていたり、せせら笑っていたりしているのではあるまいか。全然無防備、無感覚でありながら（よそおっているときさえあるような気がする）、時には猛獣のような攻撃の欲望、殺意といったものをひめている場合もあるのではあるまいか。精神の無表情ほどこわいものはない。

　たぬきがばあさんを殺してばあさんになっていたとか、としとった猫がばあさんを殺してばあさんに化けていたという昔話はよくあるが、としとりすぎたばあさんが怪物性を発揮して、孫を食ってしまったという昔話もある。たぬき、猫がばあさんを殺してばあさんに化けるというのをわたしはいっこうに信じたことはない。しかし、ばあさんがとしとりすぎて怪物そのものとなり、孫をくったり、息子をくおうとしたりするというのはわたしは深く信ずる。じじいも同じ。秀吉、スターリン、毛沢東を思えばいい。

「今日死ぬぞ」——死にさまはかくあるべし

今から千年ほど前、多武の峯に増賀聖人《しょうにん》と呼ぶ変わり者ではあるが、大変尊敬されていた坊さんがいた。天皇家から護持僧にしようと連れて行くと、その御殿でムチャクチャな行いをして狂いまわって遁走《とんそう》してしまう。ますます貴い坊さんだなあと思われたという。

この人が八十七で、いよいよ死も間近いと本人もさとっていたが、その入滅の日になって、

「わしが死ぬのは今日じゃ。だが、まあ、碁盤をもって来い」

という。もってくると、かき起こせという。寝たきり老人だったのだろう。竜門の聖人という坊さんを呼んで、

「碁を一丁打とう」

と弱々しい声でいう。頭がおかしくなったのかと思ったが、仕方なく相手をすると、盤上に十手ほど石をおくと、

「よしよし、もう打たん」

と石をくずしてしまった。

「これはどういうわけで碁を打たれるのですか」

とおそるおそる聞くと、

「ずっと昔、小僧だった時、人の碁を打つのを見たが、今、口に念仏をとなえながら、ふと思いだし、碁を打ちたいと思ったから打ったんじゃ」

といった。

また、かき起こせという。

「アフリ（鞍《くら》につけ泥のはねを防ぎ、また、飾りともするもの。美しい彩色などもあるのだろう）を一掛け持って来い」

という。もってくると、

「それを結んでわしの首にかけよ」

という。かけると、大へん苦しそうに念仏をいいながら左右のひじをさしのべて、

「古アフリを纏《ま》きてぞ舞う」

といって、二、三度ばかり舞い、

「これを取り去れ」

という。

「これはどうしてですか」

と竜門の聖人が問うと、

「若いころ、隣の房に小さい法師らが沢山いて、笑いののしっているので見たら、一人の小法師が『胡蝶コチョウと人はいうけど、古アフリを纏きてぞ舞う』と歌って舞うのを好ましいと思った、ずっと忘れていたが、今思い出されたから、それをやってみようと思って舞ったのじゃ。今は思う事、露《つゆ》無い」

といって皆を立ち去らせ、縄《なわ》張りの粗末な椅子に座り、法華経を口に、手は金剛合掌の印を結び、西向いて、死んだ。


望ましいことだろうなと感心したが、わが家でも徳川時代のころだが、わたしの祖父のそのまた祖父の父ぐらいの老人が、

「わしは今日死ぬぞ」

と予言して、あぐらをかいたまま、ふと皆が気づいてみると死んでいたそうだ。あきれた連中が古来ちょいちょい居るもので、こういう「死にさま」は何か快い気がする。

わたしよりだいぶ下の、といって定年に年々近づきつつある親しい新聞記者から、こな

いだ電話があった。

——わたしの母が、しばらく来なかったからといってクニから出て来てましてな、孫もちょうど夏休みやから、その顔をみるというてね。それで機嫌よう、わたしと二人母子水入らずで酒のんでましたんです。母親は久し振りやし、きげんよろしゅうてなあ、二人でそうやってて、ちょっとよそ見して、前みたら、母はこてんとひっくりかえって、もう息もしてへんし、心臓もうってない。それでもともかく救急車よんで病院へはこんだら、えらいもんですな、人工呼吸で息はふきかえしました。意識のもどらぬまま四日持ちました。そのいよいよ死ぬ一瞬、どうしたと思いますか、「ああ、うまい」とうれしそうにいいました。

　喜寿の祝いはすましていたそうだし、うらやましい死にさまだと二人で感心ばかりして、ついにお悔やみをいうことを忘れていた。

健康けっこう　長寿いや

皮肉屋の飯沢匡《ただす》の芝居の崑崙山の仙人たちが不老長寿の仙丹をのんだのはけっこうだったが、その長寿に閉口し切って、一発で自分らを殺せる斧の製作に、空しく苦労しつづけるという仕掛けが何となく痛快で、決して忘れることができそうにない。

また、桑原武夫が書いていたその父の実話、何かをやっていて、それが不老長寿のために大変いいのだと人にいわれると、たちまちいやな顔をして、以後そのことを止めてしまったという話を、わたしは実に爽かな気持ちで読み、これもいつまでも忘れそうにない。

つまるところ、わたしは自分自身の不老長寿をはなはだ好まないということであって、散歩が体にいいから是非やるようにとたびたびひとにすすめられるが、頑として散歩をする気を出さない。長生きして何になるかと自分自身について思っているので、チャーチルが長生きしすぎて、あきあきしたと言って死んだという話に実に共感をおぼえる。

健康であっても、長生きは迷惑だと思っているのだから、まして頭がぼけたり、体が不自由になって生きつづけているのは真っ平だと思う。あなたは元気だから、八十歳くらいまでは大丈夫ですよなどひとにいわれると、実にいやな感じがする。

梅崎春生が酒を医者から禁じられているのに本棚の本の裏か何かに酒をかくしておき、家人の目をかすめて笑いながら（と思われる）飲みに飲んで死んでしまった話が、わたしには家人に対する無責任というよりは、何やらきっぱりした、関西弁でいえば、梅崎、ようやりよると、ちと感歎する気味合いに受け取る気分になるので少し閉口である。しかし、ほんとにそんな気になるのだから始末にこまる。

また、三島由紀夫の切腹沙汰も、少しでも老いさらばえた自分になるのがやり切れなくて、いわば皺腹切るより皮膚の張りのあるうちにと切実に思ったのであろうという気がする。人さわがせな気もしないではないが、まあ、カッカとなればそんなことは気にならなかったのかも知れない。梅崎のは平然たる自殺、三島のは決然たる自殺という形に見えるが、もうこの上生きていても仕方がないというところは同じことなのだろう。

志賀直哉はその人らしい非常に安定感のある老年を送ったらしいが、最後の床で、点滴をやられていることに気づくと、ぐいと針をぬいてしまい、点滴をつづけられなくして死んだらしい。これも読んで感服し、かくありたいものだと思った。これは自殺ではなく、拒否である。

葬式をあらかじめ拒否する人、墓を拒否する人、叙位叙勲を拒否する人にもこのような感服をおぼえることが多い。そういう人が少しずつでもいることは少々はこの世を快くする。

どうしても自殺しようと固く意志している者を自殺から遠ざけ断念させようとすることは、久坂葉子の時失敗してから、そのようなことは無用であり、いらぬおせっかいらしいという気がしてきた。お手伝いするにも及ばぬことだが、邪魔するのにも及ばぬことらしい。人間には生きる意志があるとともに、死ぬ意志がもともと存在しておるという気がしてきている。肉体そのものの中にそういう予定が組みこまれているのだという風に考えざるを得ない。だから、自殺を罪だとも、不吉だとも考えない。自殺へ人を追いこむ者がいるが、これは殺人と考えた方がいいだろう。

ところで、わたしには今のところ自殺にあこがれる気分はないから、死ぬまではとにかく生きて行かねばならない。病気して気分が悪くなったり、痛い目をしたり、不自由であったりするのは、本人にとっても周囲の者にとっても迷惑だから、健康であることがけっこうである。その健康法について、わたしは規則正しい生活を余りする気はないのだから、それを説くことはできない。健康法を大いにやったら健康になった人はそれで結構であるけれど、わたしの好きな健康法はしばしば、世の普通のとくいちがっているみたいでもある。

今から四十年足らず前の戦争中、アレキシス・カレルの『人間——この不思議なもの』（この題少しまちがっているかも知れない）という本が岩波書店からか出たが、その中でカレルが、人間は時々ドカ飲みやドカ食いをせねばならないとか、時々飢えねばならないとか、そういう不規則をすすめていることに、大いに共感をおぼえたことがある。また戦後、下痢のとまらぬ時、固いアラレを食ったら下痢がとまる事があるというようなことを書いた松田道雄の「あられ療法」というのを読み、大変松田道雄を尊敬するようになった。

そういうのが、どうやらわたしのやっている健康法らしく、自分の考えついた健康法で、頑固だった大イボ痔を一週間ほどかけて治してしまったことがあった。十年程、あるいはそれ以上前のことだったと思うが、それ以後わたしはイボ痔になやまされたことがない。

わたしの歯は今やボロボロであるがそのままにしてあって、総入歯など考えたこともない。わたしが運悪く長生きしたら、歯が一本もなくなるかも知れないが、そうなればそうなったで歯茎で物をしがみ、唾液を十分出して物にまぜるという方法でいったらどうだろうと思っている。わたしは近頃の、いやに好人物くさい感じの歯ならびの総入歯が大きらいで、総入歯用の洗浄剤のＣＭを見るだけで胸くそわるくなるくらいだから、意地悪そうな歯並びの総入歯が（吸血鬼みたいなほど極端では困るが）できたら、ひょっとしたら総入歯を試みるかも知れない。これは冗談だ。

ずっと健康で、しかも余り長寿にならぬうちにポコリと死にたいのがわが望みである。ただし、そううまくいく方法がこの世にあるとも思われない。ケ・セ・ラ・セ・ラか。

小信

のびのびと暮してはおりませんなあ
ひとはのんきでいいなあというが
主観としては　切ッ羽つまって
やけくそになって　やっと動くですわ
木々草花をながめております　鳥もまた
観賞ではありませんなあ
取り巻かれておるから　見るんですわ
隠者と　ひとはいいますなあ
陰々滅々でありますな　笑っておりますな
ひとは　のんきそうだといいます
黙っておれば　腸が七つ折り

喋れば　胃がむかつきますなあ
書くこと一切気に入らず
読むこと一切苦患なり
先行き　茫々　人生　漠々
人類の象徴は　はばかりながら　わしでっせ

解説

荻原魚雷

何となくまわりとズレている気がする。浮いている。沈んでいる。誰とも会いたくない。仕事がしたくない。やるべきことを何もせず、ぐだぐだだらだら過ごしてしまった。布団から出たくない。

そんなとき、富士正晴の随筆を一、二篇読む。読んで忘れる。また読む。煙に巻かれたような気になる。真意はすぐにはわからない。そのうちしだいに身になじんでくる。

「こういうことしていては、生活が錆びるというような気がする時もないではない。しかし、どうにもならない。どうにかしようと努める気にもならない」（不参加ぐらし）

「わたしは忙しいのに弱い」（閑中多忙通り越す）

富士正晴は「竹林の隠者」「安威の聖人」「関西文壇のご隠居さん」など、数々の異名で知られる詩人であり作家である。文人画も描いた。

一九一三年十月三十日、徳島県三好郡山城谷村（現・三好市山城町）生まれ。一九一七年、

一家は朝鮮・平壌へ、一九二一年には神戸に移る。

一九二五年、第三神戸中学校（現・長田高校）に入学する。同校の二学年上には映画評論家の淀川長治、一学年上には後に『暮しの手帖』を刊行する花森安治がいた。

大川公一著『竹林の隠者　富士正晴の生涯』（影書房、一九九九年）によると、神戸三中時代、富士は花森安治に漫画を見せてもらったことがあるそうだ。淀川長治とは面識がなかった。

一九三一年、三高理科甲類（現・京都大学）に入学するが、多発性肺尖などにより入院し、そのころから詩を書きはじめる。この年十一月、奈良にいた志賀直哉を訪ね、後に師となる京都の詩人・竹内勝太郎を紹介してもらう。

『富士正晴展』（富士正晴展実行委員会、一九八九年）の年譜を見ると、一九三二年「三高退学」、一九三三年「三高文科丙類入学」、一九三四年「学校は出席不足、成績とも不足で落第」、一九三五年「三高退学」と記されている。一年生を四回やって中退――順風満帆とはちょっといいがたい学生生活だった。

その後、道路工事、家庭教師、大阪府庁など、仕事を転々とする。一九四二年、弘文堂書房京都店の編集者、翌年、石書房、七丈書院の関西駐在員になる。七丈書院時代、富士は三島由紀夫の『花ざかりの森』を手がけた。

一九四四年二月、召集令状が届き、この年から中国大陸を行軍する（一九四六年夏、復員）。

「わたしの戦後」に次のような一節がある。

「わたしは大東亜戦争がはじまって以来、不信の念をかためて来てしまったらしい」

二年にわたる軍隊生活によって、元々、気質が変わってしまった。

「戦後、あらゆる政治運動、文学運動に参加しなかった」といい、「熱烈に何かの思想をとき、しかもその運動の先頭を派手な姿で走って行く人間をみる時、どうもわたしは不審と疑惑の念を抱かずにはおれない」と述べる。

思想と人間の結びつきを疑う。立派なことばかり喋る奴を怪しむ。

敗戦後の富士は「行動をせまくし、鈍重にし、まるで坐りこんでしまっているような形」で何もかも信頼しない日々を送るようになる。

「支配することを好まず、支配されることを好まず——まあいえば、まことに金のなさそうな書斎派というところがわたしの姿ではないだろうか」

運動は多数派を形成したり、権威を味方につけたりして勝ち負けを争う。でもそんな世界の外側にも人生がある。争いごとの中心から外れたところでひっそりと読み継がれる詩や文学がある。

一九四九年三月、三十五歳で結婚、高槻市立第二中学校の国語教師になるが、一学期で辞める。生徒指導が苦手だったようだ。

一九五一年、大阪・茨木市安威の竹藪（その後、雑木林）に囲まれたわら屋根のトタンぶきの家に暮らす。この年、小説「敗走」（芥川賞候補）を発表した。

ちなみに、大阪の茨木市立図書館に併設された富士正晴記念館があり、文学資料、絵画を展示している。

丘の上にひきこもり、下界には滅多に降りてこない。世間と絶妙な間合いを保ちながら、文化文明を眺める。随筆の多くは放言酔言という形をとっているのも特徴かもしれない。一見、投げやりでやる気がなさそうな言い回しの中に、心に残る文言がちりばめられている。

「怠け者の記」に「精神のユルフン」という言葉が出てくる。「ユルフン」はゆるく締めたふんどしの略、しまりがない、緊張感がないといった意。ものを考えるとき、いや、何をするにせよ、どこかしら、いい加減さ、適当さ——遊びの部分があったほうがいいということをわたしは富士正晴から学んだ。

「怠け者の記」で富士正晴は広津和郎に「あなたの一番楽しいのはどんな時ですか」と質問する。その答えがふるっている。

広津和郎は「みだりに悲観もせず、楽観もせず」という言葉を残しているが、その姿勢は富士正晴にも通じる。怠け者として生きる上で見習いたい心がけだ。

六興出版の『不参加ぐらし』（一九八〇年）の「あとがき」に「この世ぎらいがいかに濃厚になって行っても、この世に生きて呼吸し、ものを飲み食いしておる以外、ほかに何のやりようもないから、こうして生きているより仕方がない」とある。

富士正晴、六十六歳。

わたしは二十代半ばの失業中にこの『不参加ぐらし』を読んだ。六興出版は『極楽人ノート』『書中のつき合い』など、富士正晴の随筆集を何冊か出していて、わたしの枕元に並んでいる。困ったときに読む。

「この世ぎらい」の人間はどうやって生きていけばいいのか。自分は何ができて何ができないのか。何がしたくて何がしたくないのか。無理をしたくない。平穏に過ごしたい。そうはいっても何の蓄えもない人間は食べていくために働かないといけない。

富士正晴は簡単には時勢に流されない不同調の人だった。世の中の流行り廃りとは無関係に百年千年という幅の中で考える。

中国の文化大革命のころ、新聞を四紙講読し、大きな鋏で切り抜きをしていた。正確な情報がわからない。そういうときに誰が何をいっていたか。どんなことが起きたか。時間を置いて後から検証しようとした。でもだんだんどうでもよくなってくる。

「耳目をふさいで、ふところ手して、どっかの片隅に、余り世間にわずらわされず小さくなって自分のしたいことだけしているというのがわたしの理想で、世間に向って演舌や発言を余りしたくはない」（冴えぬ話）

首尾一貫した明快な事柄を信じず、勇ましい語り口を好まなかった。そもそも自分の考えにしても「今思っていることが、又すぐに変化するような気がする」（ああせわしなや）とアテにしていない。

富士正晴の文章を読んでいると、自分の正しさを前提にした思考が揺さぶられる。揺さぶられたいからくりかえし読む。

自分はおかしいかもしれない。まちがっているかもしれない。今の考えも明日明後日には変わるかもしれない。そうおもって頭を冷やし、気持を平らにする。

今のような情報過多の社会において精神をすり減らさずにいるには、多少は〝不参加〟の時間が必要なのではないか。あらゆることに反応していたら身も心も持たない。

隠者になるのも隠居生活もむずかしい。それでも富士正晴の考え方や生き方を知っておくとちょっと楽になる。

Ⅲの「誤流先生伝」は陶淵明の「五柳先生伝」のパロディ。ボロ屋住まいで酒と書物をこよなく愛する隠者のような暮らしぶりから〝五柳先生〟は陶淵明自身（もしくは自らの理想を仮託した人物）との説もある。おそらく富士の〝誤流先生〟のモデルもそうだろう。

本人は表舞台の華やかなところにはなかなか出てこないが、関西在住の詩人や作家から敬愛された。電話でいろいろなことを教えたり、小説のヒントを与えたりすることもあった。同人雑誌『VIKING』を主宰し、多くの人がこの雑誌で力をたくわえ、世に出た。

そうした彼の交遊は〝富士山脈〟ともいわれた。

酒を飲んで煙草も吸って、健康にいいことは何もしない。散歩もしない。歯も磨かない。歯くらいは磨いてもいいんじゃないかとおもう。

富士正晴の随筆はその名に負けず劣らず、日本最高峰といっていいくらい独特かつ偏屈だ。

「現代の隠者にふさわしき者」「われ動かず」「持て余す」「目下ぼんやり中」「健康けっこう　長寿いや」――題からしておかしい。

今回、オリジナルのアンソロジーを編集するにあたり、富士文学の入口になるような本を志した（まだまだ面白い作品は山ほどあります）。

進むか戻るか迷ったとき、「何もせんぞ」という選択もある。時の経過にまかせる。目まぐるしく移り変わる時勢にたいし、「どうでもええやんか」と距離をとる。

といっても、なかなかそうもいかないのが現実で、一つの問題を解決すれば、別の問題が出てくる。

本書の最後におさめた詩の一節「のびのびと暮してはおりませんなあ」（小信）は富士の偽らざる心境だろう。

ぼやきながら年をとる。人は役に立とうが、立たなかろうが、いつかはこの世を去る。「不参加ぐらし」の富士正晴は知人友人の葬儀に一切出なかった。そのかわり故人の本を読み、酒を飲んだ。

たぶん参加しないことにも意義がある。

（おぎはら・ぎょらい　文筆家）

初出一覧

I

不参加ぐらし　「あるとき」（創刊号）一九七八年五月
竹林に藁屋あり　初出未詳、一九六一年八月
怠け者の記　初出未詳、一九六九年一月
現代の隠者にふさわしき者　「月刊エコノミスト」一九七二年七月号
男性的隠棲考　「季刊歴史と文学」一九七二年NO2
丘の上にひきこもり……　「朝日新聞」（大阪版・夕刊）一九七二年三月十八日
得ることに楽しみ　「読売新聞」一九七二年三月四日
冬眠終わる　「読売新聞」一九七二年四月一日
われ動かず　「読売新聞」一九七二年四月二十三日
閑中多忙通り越す　「テープレクチャーニュース」一九七三年三月十六日
隠者は戸外に花を見た　「草月」一九七三年九十号
絵かき志願　「季刊求美」一九七八年春
わたしの頑固作法　『私の頑固作法』ダイヤモンド社、一九八〇年二月
鴨長明――方丈庵の隠者　人物探訪『日本の歴史12』暁教育図書、一九七五年
吉田兼好――『徒然草』の風流人　人物探訪『日本の歴史12』暁教育図書、一九七五年

II

小信　「馬」（第二号）一九七六年

＊

わたしの戦後　「展望」一九六七年八月号
十年の恐怖　「展望」一九六九年十二月号
冴えぬ話　このごろおもうこと　「教育大阪」一

九六九年八月号／アホクサ　「サンケイ新聞」夕刊、一九六八年十二月二十八日

現代退屈の諸様相　「思想の科学」一九七〇年十一月号

お茶屋と下駄屋　「大阪新聞」一九七〇年五月二十一日

ケセラセラ——やせがまん　「望星」一九七三年九月号

本をもつことの楽しみ　初出未詳、一九七六年八月

どうにも判らぬ戦無世代　「価値ある情報」一九七六年二月

ああせわしなや　「諸君」一九七五年十一月号

憂き世　「群像」一九七七年五月号

持て余す　「あすあすあす」一九七八年一月号

増点主義　「ＰＨＰ」一九八〇年三月号

若者と付き合う法　「朝日新聞」（大阪版）一九八一年七月二十二日

修身・反修身のバランスを忘れるな　「朝日新聞」（大阪版）一九八一年十二月二十三日

Ⅲ

小信　「響」ＮＯ７、一九六五年四月

＊

誤流先生伝　「新日本文学」一九七二年七月号

花田の京都は霧の中　「文學界」一九七六年一月号

Ⅳ

少年と老人の間　「アサヒ芸能」一九六九年新年号

なまけ親父　「暮しと健康」一九七二年八月号

いつものこと——八方ふさがり　「望星」一九七三年十二月号

目下ぼんやり中　「望星」一九七五年七月号

老齢人生　「読売新聞」一九八〇年七月十九日

何もせんぞ　「いっと」一九八三年十月

長生きされて幸せか、不幸せか　「朝日新聞」（大阪版）一九八一年六月二十四日

ジジババ合戦、最後の逆転　「朝日新聞」（大阪版）一九八一年八月十九日

人間界を卒業した凄み　「朝日新聞」（大阪版）一九八一年十一月十一日

「今日死ぬぞ」——死にさまはかくあるべし　「朝日新聞」（大阪版）一九八一年八月二十六日

健康けっこう　長寿いや　「ホーム・ドクター」一九七九年十月

＊

小信　「馬」第五号、一九七八年六月一日

底本一覧

『贋・海賊の歌——富士正晴評論集』未来社、一九六七年

『八方やぶれ——富士正晴エッセー集』朝日新聞社、一九六九年

『紙魚の退屈』人文書院、一九七二年

『思想・地理・人理——富士正晴エッセイ集』ＰＨＰ研究所、一九七三年

『狸の電話帳』潮出版社、一九七五年

『日和下駄がやって来た』冬樹社、一九七六年

『書中のつき合い』六興出版、一九七九年

『富士正晴詩集——１９３２〜１９７８』泰流社、一九七九年

『不参加ぐらし』六興出版、一九八〇年

『せいてはならん』朝日新聞社、一九八二年

『狸ばやし』編集工房ノア、一九八四年

『乱世人間案内——退屈翁の知的長征』影書房、一九八四年

編集付記

一、本書は一九六七年から八四年に刊行された著者の単行本を底本とした。

一、底本中、明かな誤りと思われる箇所は訂正し、難読と思われる語には新たにふり仮名を付した。

一、本文中に今日の人権意識に照らして不適切な語句や表現が見受けられるが、著者が故人であること、執筆当時の時代背景と作品の文化的価値を考慮し、底本のままとした。

本書は中公文庫オリジナルです。

中公文庫

新編《しんぺん》

不《ふ》参《さん》加《か》ぐらし

2023年10月25日　初版発行

著　者　富《ふ》 士《じ》 正《まさ》 晴《はる》

編　者　荻《おぎ》 原《はら》 魚《ぎょ》 雷《らい》

発行者　安 部 順 一

発行所　中央公論新社

〒100-8152　東京都千代田区大手町1-7-1

電話　販売 03-5299-1730　編集 03-5299-1890

URL https://www.chuko.co.jp/

DTP　ハンズ・ミケ

印　刷　三晃印刷

製　本　小泉製本

Published by CHUOKORON-SHINSHA, INC.

Printed in Japan　ISBN978-4-12-207433-0 C1195

し-6-61

司馬遼太郎 歴史のなかの邂逅 1
空海～斎藤道三

司馬遼太郎

その人の生の輝きが時代の扉を押しあけた——。歴史上の人物の魅力を発掘したエッセイを古代から時代順に集大成。第一巻には司馬文学の奥行きを堪能させる二十七篇を収録。

205368-7

し-6-62

司馬遼太郎 歴史のなかの邂逅 2
織田信長～豊臣秀吉

司馬遼太郎

人間の魅力とは何か——。織田信長、豊臣秀吉、古田織部など、室町末期から戦国時代を生きた男女の横顔を描き出す人物エッセイ二十三篇。

205376-2

し-6-63

司馬遼太郎 歴史のなかの邂逅 3
徳川家康～高田屋嘉兵衛

司馬遼太郎

徳川家康、石田三成ら関ヶ原前後の諸大名の生き様や、徳川時代に爆発的な繁栄をみせた江戸の人間模様など、歴史のなかの群像を論じた人物エッセイ。

205395-3

し-6-64

司馬遼太郎 歴史のなかの邂逅 4
勝海舟～新選組

司馬遼太郎

第四巻は動乱の幕末を舞台に、新選組や河井継之助、緒方洪庵、勝海舟など、白熱する歴史のなかの群像を論じた人物エッセイ二十六篇を収録。

205412-7

し-6-65

司馬遼太郎 歴史のなかの邂逅 5
坂本竜馬～吉田松陰

司馬遼太郎

吉田松陰、坂本竜馬、西郷隆盛ら変革期を生きた人々の様々な運命。『竜馬がゆく』など幕末維新をテーマに数々の傑作長編が生まれた背景を伝える二十二篇。

205429-5

し-6-66

司馬遼太郎 歴史のなかの邂逅 6
村田蔵六～西郷隆盛

司馬遼太郎

西郷隆盛、岩倉具視、大久保利通、江藤新平など、明治維新という日本史上最大のドラマをつくりあげた立役者たち。時代を駆け抜けた彼らの横顔を伝える二十一篇を収録。

205438-7

し-6-67

司馬遼太郎 歴史のなかの邂逅 7
正岡子規～秋山好古・真之

司馬遼太郎

傑作『坂の上の雲』に描かれた正岡子規、秋山兄弟をはじめ、日本の前途を信じた明治期の若者たちの、底ぬけの明るさと痛々しさと——。人物エッセイ二十二篇。

205455-4

し-6-68

司馬遼太郎 歴史のなかの邂逅 8
ある明治の庶民

司馬遼太郎

歴史上の人物の魅力を発掘したエッセイの集大成、全八巻ここに完結。最終巻には明治期の日本人から祖父・福田惣八、ゴッホや八大山人まで十七篇を収録。

205464-6

各書目の下段の数字はISBNコードです。978－4－12が省略してあります。

し-6-69
歴史のなかの邂逅　同時代篇
司馬遼太郎
子母沢寛、岡本太郎、池波正太郎、桂米朝、田辺聖子……同じ時代を生きた作家、芸術家、学者、友人たちを語る五十五篇を精選した人物エッセイ集・現代篇。
207392-0

ち-3-18
諸葛孔明（上）
陳舜臣
後漢衰微後の群雄争覇の乱世に一人の青年が時を待っていた……。透徹した史眼、雄渾の筆致が捉えた孔明の新しい魅力と「三国志」の壮大な世界。
202035-1

ち-3-19
諸葛孔明（下）
陳舜臣
関羽、張飛が非業の死を遂げ、主君劉備も逝き、蜀の危急存亡のとき、丞相孔明は魏の統一を阻止するため軍を率い、五丈原に陣を布く。〈解説〉稲畑耕一郎
202051-1

ち-3-26
鄭成功　旋風に告げよ（上）
陳舜臣
福建の海商の頭目鄭芝竜を父に、日本女性を母にしてうまれた鄭成功。唐王隆武帝を奉じて父とともに反清勢力を率いることになった若き英雄の運命は。
203436-5

ち-3-27
鄭成功　旋風に告げよ（下）
陳舜臣
父芝竜は形勢の不利をさとり清朝に投降するが、鄭成功はなおも抗清の志を曲げない。貿易による潤沢な資金を背景に強力な水軍を統率し南京へ向かう。
203437-2

ち-3-31
曹操（上）魏の曹一族
陳舜臣
縦横の機略、非情なまでの現実主義、卓抜な人材登用。群雄争覇の乱世に躍り出た英雄の生涯に〈家〉の視点から新しい光を当てた歴史長篇。
203792-2

ち-3-32
曹操（下）魏の曹一族
陳舜臣
打ち続く兵乱、疲弊する民衆。乱世に新しい秩序を打ち立てようとした超世の傑物は「天下なお未だ安定せず」の言葉を遺して逝った。〈解説〉加藤　徹
203793-9

ち-3-35
孫文（上）武装蜂起
陳舜臣
清朝打倒を決意した孫文は、同志とともに広州で最初の武装蜂起を企てる――。「大同社会」の実現をめざして、世界を翔る若き革命家の肖像。
204659-7